意林

公元787年，唐封疆大吏马总集诸子精华，编著成《意林》一书6卷，流传至今

意林：始于公元787年，距今1200余年

U0838906

小小姐

Mini Miss

Mini Miss

女生文学

小小姐

Mini Miss出品

纯正+阳光+向上

中国女生文学第一品牌

我们是小淑女

优雅，聪慧，阳光，快乐，甜蜜，
勤奋，包容，恬静，浪漫，唯美，璀璨。
善解人意，才华横溢，从容淡定，
独立有主见，时常感恩，心怀美好。
爱学习，爱阅读，爱幻想，睿智有深度，独具品位。

18世纪，威尼斯舞会之夜。深蓝色的天幕里星星银亮，温格跟随未来走在细碎的石子路上，看着周围充满了节日气氛的人们，觉得一切都像梦境一般，但分明又是真切发生在眼前的。

意林励志·Mini Miss荣誉出品

小 MM 品牌书系 · 淑女文学馆·冒险励志系列 003

在光与暗的边缘行走，勇气是唯一的指针

淑女文学馆
冒险励志系列003
Mini Miss出品

淑女文学馆
冒险励志系列003
Mini Miss出品

花梦旅人 I

陈心昭◎著

吉林出版集团 | 吉林摄影出版社
·长春·

MiniMiss出品

图书在版编目（CIP）数据

花与梦旅人.1 / 陈心昭著. -- 长春 : 吉林摄影出版社, 2012.4

ISBN 978-7-5498-1032-1

Ⅰ. ①花… Ⅱ. ①陈… Ⅲ. ①长篇小说－中国－当代Ⅳ. ①I247.5

中国版本图书馆CIP数据核字(2012)第050033号

花与梦旅人 Ⅰ
Hua Yu Menglüren Ⅰ

著　　者	陈心昭
出 版 人	孙洪军
顾　　问	杜　务
总 策 划	阿　朱
主　　编	张　弘
责任编辑	尹成佳　李双双
图书统筹	词　词
绘　　图	新　野　郦　欢
书籍装帧	娃　娃
美术编辑	夏　冬
开　　本	700mm × 1000mm　1/16
字　　数	220千字
印　　张	13.75
版　　次	2012年4月第1版
印　　次	2013年5月第4次印刷

出　　版	吉林出版集团 吉林摄影出版社
发　　行	吉林摄影出版社
地　　址	长春市泰来街1825号 邮编：130062
电　　话	总编办：0431-86012616 发行科：0431-86012602
网　　址	www.jlsycbs.cn
经　　销	全国各地新华书店
印　　刷	北京天宇万达印刷有限公司

书　　号　ISBN 978-7-5498-1032-1　　**定　　价**：19.80元

打造中国女生文学第一品牌

文◎《意林·小小姐》书系总策划　阿 朱

2010年1月，意林传媒专门为女孩量身定做的读物《意林·小小姐》诞生了。创办之初，《意林·小小姐》旗帜鲜明地打出口号——“中国第一本小淑女文学生活志”，“淑女”取意为“内心美好、品质优秀的女孩”，明确为中国8岁~18岁的优质女孩服务，以“帮助女孩在快乐阅读中提高文学修养和综合素质”为宗旨，坚持“纯正、阳光、向上”的风格导向，内容着眼于“青春、梦想、成长、励志”，以期打造全新的、真正适合女孩阅读的健康课外读物。

凭借这样的精准定位和独特理念，《意林·小小姐》上市后，很快赢得女孩们的喜爱，在校园中引起巨大反响，女孩们表示：“终于有女生的专门读物了！超级好看！”家长和老师也纷纷给出“孩子看后成长了很多”“孩子的作文水平明显提高了”之类的积极反馈。2011年6月，在读者的强烈要求下，《意林·小小姐》在坚持宗旨、质量不变的前提下，出版频率加快，由原来的每月一期增加为每月两期；同年10月，《意林·小小姐》月发行量突破50万册，潜在读者超过80万人，其作为优质女孩首选课外读物的地位逐渐形成，而迅猛增长的销售业绩也引来业界极大关注，开始得到一些同行的模仿和追随，市面上类似风格的女孩读物相继出现（当然，最后能经得住市场检验的很少）。

2010年7月，《意林·小小姐》开始涉足图书出版领域，编辑部陆续推出《蔷薇少女馆》（Ⅰ~Ⅲ）《迷藏》《悠莉宠物店》（Ⅰ~Ⅲ）《七寻记》（Ⅰ~Ⅱ）“少女果味杂志书”“最佳少女文学读本”等数十种图书，这些书在全国中、小学校园中广为流传，传阅率超过50万人/册，再版率达到100%，无数小读者为之痴迷、陶醉，“《意林·小小姐》出品的图书本本畅销”这一观点也成为众多书店、经销商的共识。“《意林·小小姐》现象”逐渐成为一种社会现象，为各方所津津乐道。

2012年，创办满两周年的《意林·小小姐》步入加速发展轨道，编辑部创造性地提出“女生文学”概念，并将之上升到与儿童文学、青春文学并列的重要文学形态，《意林·小小姐》专注于为成长中的女孩服务的想法也更加清晰，编辑部计划在未来几年内，以每年出版几十种新书的速度，采用短篇文集、长篇小说、原创漫画、故事绘本等多种类型齐头并进的形式，为女孩们提供一批有规模、有质量、有品位的精品读物，打造中国女生文学第一品牌。

在2012年7月之后出版（或修订）的所有《意林·小小姐》系列新书中，我们都会特别放置这篇名为《打造中国女生文学第一品牌》的文章，来阐述我们对于建设中国女生文学以及推动女生健康阅读的崭新理念与思考。

★女生一定要选择适合自己的女生文学读物

首先，什么是女生文学?

《意林·小小姐》所定义的女生文学是指专门为女孩（特指8岁~18岁女孩）创作并适合女孩阅读的、符合女孩心理特点和审美要求、有利于女孩身心健康发展的各种文学作品。简单来说就是所有适合女孩阅读的健康课外读物。

目前，国内未成年人的文学阅读笼统地分为儿童文学、青春文学等大类，市场上很难找到专门针对女孩创作的有规模、系统化的读物。事实上，女孩和男孩的大脑结构不同，思维方式、理解能力、审美要求不同，在阅读上也要区分性别，选择不同的读物。

《意林·小小姐》系列读物立足于女孩性别特点，专门为女孩量身打造，是专属于女孩们自己的读物，合乎年纪，合乎趣味，外观时尚、唯美、优雅，内容纯正、阳光、向上，是真正适合女孩阅读的健康课外读物，带给女孩全新的阅读体验。

★女生通过阅读女生文学读物提升写作能力，获取成长养分

8岁~18岁正是快速吸收养分、奠定阅读基础的黄金年龄，对于女孩一生的成长至关重要。《意林·小小姐》提倡女生文学要打破市场常规，“从低幼儿童文学及少女言情中解放出来”，以深浅适度、风格纯正、健康向上、可读性与文学性兼具的内容，帮助女孩在快乐阅读中提高阅读理解能力、作文写作能力，汲取成长经验、成长智慧，全面提升素质。

在故事类型上，《意林·小小姐》系列读物既有贴近女孩生活和心灵的校园故事、成长故事、亲情友情故事等，又有极富想象力的冒险故事、幻想故事等，每篇文章的选取都将标准锁定为“题材新颖、内容阳光、主题积极向上、文风优雅纯正”，并坚持拒绝浅薄幼稚、庸俗无聊、花哨言情等无内涵的文章。女孩们在健康文学的长期熏陶下，语感增强了，素材丰富了，思维开阔了，自然能做到心中有故事、下笔有话说，不再为作文犯愁；同时，这些文章里蕴涵的温暖励志内核，诸如阳光、善良、真诚、包容、坚强、勇敢、善解人意、独立有主见等精神，都能激发女孩正面心态的能量，帮助她们成长为内心强大的女孩，为将来的人生打底。

★女生文学读物要品质化、品牌化、系统化

《意林·小小姐》创办的时间不长，但读者的忠诚度、信赖度和美誉度在国内首屈一指，已经形成明显的品牌优势，它集“好看”“清新”“唯美”“阳光”“优雅”“品位”等各种美好感觉于一身，始终以女孩的阅读感受为根本，全心全意为女孩服务，专心致志打造一流读物、精品读物。

读者的认可和喜爱，得益于《意林·小小姐》对文稿质量近乎苛刻的严格把关。为《意林·小小姐》供稿的作者，既有实力派中青年儿童文学作家，又有青春新锐派文学作者，编辑部每月收到近千封来稿，经过反复筛选、修改，优中选优，最终确定30篇左右刊出；对于长篇图书出版，编辑部始终坚持“用心、专业、永续经营”的理念，不追求过度商业化、批量化生产，每一本书稿都精雕细琢、反复打磨，已出版的每一本图书几乎都成为业内畅销书经典，而《意林·小小姐》所倡导的女生文学概念及标准也成为业内标杆，引来众多同行追随。

除此之外，编辑部与一大批有潜力的青年作者建立了长期的独家合作关系，这些作者通过《意林·小小姐》、网络、电话、读者见面会等各种渠道，常年坚持在第一线与读者互动，倾听读者心声，保持创作活力源源不断。目前《意林·小小姐》独家签约作者的队伍仍在不断壮大，我们希望用几年甚至十几年的时间，形成有较大社会影响力的专业化女生文学创作基地。

为避免女孩因为阅读口味单一而造成阅读面、知识面过于狭窄，《意林·小小姐》除了做好文学类图书外，也努力开发适合女孩阅读的其他类别读物，比如励志、科普、时尚、生活类选题，同时力求经营品种以及传播途径上的多样化，依托原创精品内容，开发数字化传播、动漫、影视、动画、游戏、周边产品、女生网络社区等，做好精品故事的深度经营，构筑全产业链发展模式。在销售渠道上，除传统的零售、邮局、校网等，我们逐渐在各地设立女生文学专柜和品牌专卖店，力争让读者随手可取，购买方便。

★为女孩营造愉快的阅读体验

《意林·小小姐》系列读物无论在内容还是包装上都具有较高的辨识度，为了方便读者寻找，我们对2012年7月之后出版（或修订）的新书做了统一规划：

○认准独家标志

《意林·小小姐》出品的所有图书，在腰封和封底上都有“意林传媒集团”“Mini Miss出品·女生文学”的独家标志（图1）；在书脊上，除了“意林”以及“Mini Miss”字体Logo外，每本书还特别放置了“封面女孩”形象（图2），便于读者辨认和收藏；在前、后勒口上，每本书都有“纯正、阳光、向上，中国女生文学第一品牌”的字样（图3）。

图1

图2

图3

○识别编号

《意林·小小姐》出品的所有图书都将逐渐归于“淑女文学馆”“淑女漫绘馆”“淑女励志馆”“淑女风尚馆”“淑女生活馆”等特色馆（新馆不断添加中），每本书都有属于自己的编号，比如：

代表这本书所属类别是淑女文学类，编号为冒险励志系列004，即此系列的第四本书，在这本书之前，自然已经出版了001、002、003，后面也会有005、006、007……陆续上市；图书封底的总编号则代表了这本书在《意林·小小姐》所有出品图书中的总排序。

○女孩特色包装

每本图书都会配备一张淡雅的紫色或粉色前衬页，上面印有“意林”及“Mini Miss”字体Logo；在小说类单色印刷的图书中，会加有4页铜版纸彩色插图页，第一页的“淑女宣言”（图4）代表了《意林·小小姐》所提倡的优质女孩精神，第四页则标明了本书所属的系列及编号（图5）。

图4

图5

我们目前所使用的字体、字号以及行距，是在经过大量调查研究和多次测试后确定的，适合成长中的女孩阅读，每一页的内容既充实，又不至于给读者造成阅读疲劳。

所有的一切都是为了给成长中的女孩提供价值导向健康、养分丰富、品质优良的课外读物，营造愉快的阅读体验，我们希望以传媒人“有爱有担当”的社会责任感和“一生只做一件事”的专注精神，不遗余力地建设女生文学，推动女生阅读向前发展，全力打造中国女生文学第一品牌！

【目录】CONTENTS

第一章

古堡 假面吸血鬼

1

这是九月初的一个清晨，晴空万里。

盛夏刚过，太阳依然不减锋芒，叶南初中正式上课的第一天，在欢快的蝉鸣中迎来。

温格骑一辆粉红自行车如同一尾灵巧的鱼，穿过大街小巷，前往叶南初中。风撩起她沾着汗珠的细碎短发，甩进干燥闷热的空气中。

夏末的阳光，透过茂密的枝叶投射至温格的脸庞上。温格微蹙着眉，踏板踏得激情豪迈。

又一个新学期开始，要忙碌起来了啊。

不过对于喜爱迎接挑战的元气少女温格来说，初二的生活非常值得期待。

在学校的停车场中，温格看了看表，还有一分半钟早自习就要开始了，于是她立刻停好车，拔腿就跑。过道上，一个认识温格的别班女生急急拉住她道：“温格，初二（2）班的记者已经将新一期的报道写出来了，内容是校园人气歌手景年的外地演出，还没刊登就受到广泛关注。身为叶南记者团主力，你可千万不能落后，要给初一的新人记者好好做个榜样呀。”温格连声说好，一溜烟地跑了。

在初二（6）班的教室门口来一个“急刹车”，温格稳了稳重心，略带不安地坐到自己的座位上，双腿还未放正，早自习铃声便大声响了起来。

终于还是赶上了，没有迟到。温格在拿起书的同时，立刻就趴在桌面上，一副身心俱疲的样子。同桌刘苏苏扭过头，忧虑地看着她：“温格，你啊，还是老样子，上学总掐表。你要早出门一分钟，也不至于累成这副模样。”“啊哈哈，习惯了，改不过来。”温格笑几声，便有气无力地跟同学们一起晨读，下巴贴着桌面恢复体力。

下课铃响，仓促的早晨总算过去。温格大呼一口气，百感交集地望向同桌刘苏苏。

刘苏苏是个从打扮到内在都格外得体的女孩，她笑容甜美，会做好吃的西点，上学从不掐表，更别提迟到，当然更重要的是，她从不会如温格这般顶着一头乱发上学，抑或为了不迟到而在学校的过道里仪态尽失地八百里狂奔。此时刘苏苏正在她一尘不染的书包里翻找下节课所需的课本，举手投足间尽显淑女风范。温格注意到刘苏苏的课本都包上了精美的封面，开学第一天，刘苏苏已然做好所有准备。

温格的视线滑过自己脏迹斑斑的书包，落在书桌上摊得乱七八糟尚未包封皮的书本上，忽然觉得坐在刘苏苏身边，有那么点儿无地自容。

“温格，你的新书还没有包上封面啊。”刘苏苏望过来，“正好我家里还剩下一些书皮，哪天我到你家里帮你包吧。”

“真的吗？那实在太好了！”温格心中乐开了花。刘苏苏的手艺再配上那印有漂亮碎花的封皮，简直堪称完美，所以拜托刘苏苏是最好的选择。既然刘苏苏主动提出要帮忙，温格也就厚着脸皮一口答应了。

“刘苏苏，你这样宠你的同桌是不对的。以后要是没了你，她的书就会破得像狗啃的一样。”冷不丁从背后传来一个不友善的声音。这个声音，温格至死难忘。

声音的主人名为沈铭溪。

沈铭溪，这三个字，对于温格而言，就是一句邪咒，一念出来即会招致厄运，极为灵验。自从沈铭溪坐到温格身后，处处和她作对不说，还十分喜爱借题发挥对她进行各种冷嘲热讽残酷打压，阴魂不散，存在感强烈到让人想痛哭流涕。

所以温格觉得，她上辈子一定与沈铭溪积怨颇深，这辈子除了继续做冤家，别无他法。

然而让温格颇为想不通的是，如此这般牙尖嘴利的沈铭溪居然是小淑女刘苏苏的表兄，二人生辰只差一个月，平日不住一起却同在一个班，兄妹关系倒非常和睦。

性格好的刘苏苏成绩最多只能算班里的中上水平，然而天理难容的是，沈铭溪居然有一颗天才的脑袋，不但频繁占据年级第一的宝座，竞赛奖项亦是不计其数。沈铭溪同时还是初二（6）班的班长，几度连任下来，已带领全班取得不少辉煌。再加之他和刘苏苏一样，眉眼细长好看，这一切的一切足以让他拥有在外人眼里无懈可击的光辉形象，成为叶南初中人气居高不下的风云人物，受到家长老师学弟学妹的广泛爱戴。

这样一位大名人，自上个学期起，就被安排坐在温格身后，班主任旨在让他帮助前排的两位女生使她们学习更进一步，但是温格觉得，有这么一个班长大人天天坐在身后损人玩儿，生活便有些不堪重负了。倒是沈铭溪，课间生活其乐无穷。

虽然有时候向他请教题目会对他略怀感激，但是更多时候，温格觉得自己是忍无可忍无须再忍了的。

“你自己的书都没包封皮，凭什么说我！”温格转过头来不满地回嘴。

“我的书不包封皮是因为不需要，看一遍我就懂了，不像你，考试前要反反复复翻，没几天书角就卷了。”沈铭溪推了推无边眼镜，面无表情，却是一击即中，杀伤力巨大。

温格瞬间就被削去大半气势，小声哼哼：“你对我的生活作风研究得还真是透彻哪，沈大天才。”

“过奖过奖，毕竟是坐在世间少有的豪放女生之后，自然会多关心几眼。”生怕像温格这种智商的人听不懂，沈铭溪还十分仁慈地补充一句，“就像进动物园，你看到平时看不到的猴子、大象之类的，也会忍不住多看几眼，对吗？”

温格瞪着眼下若无其事低头做题的班长，觉得自己迟早会被他气死。

豪放？居然说她豪放？她不就是上学匆忙了点儿头发蓬乱了点儿平时不拘小节了点儿课本脏乱了点儿而已嘛！哪里豪放了？而且，她的确是因为忙才这样的。成天东奔西跑找素材写报道多累人呀！这不是连在过道上跑着都会被其他班级的记者逮住然后被催写稿吗！他沈铭溪哪里会懂一个记者的心酸！

不过一想到自己的记者工作，温格便停下在心中对沈铭溪的奋力反驳，转过身自己头痛起来。说起来容易做起来难。一篇可以被当成新人榜样的报道可不是那么容易写出来的。

唉，该从何处下手呢？

（2）班的记者写了人气歌手景年，那她温格该写些什么呢？

温格一脸的愤懑渐渐转为阴郁，而刘苏苏像是能读出她的心中所想一般，“刷”地亮出一张宣传单来，“温格，这是我在上学路上收到的。我们学校边上有一家鬼屋开张了呢，说不定可以成为你的素材。”

“鬼屋？”温格接过宣传单，眼神依然惆怅，“虽然说不在游乐园而独立开设的鬼屋很少见没错，但是关于鬼屋的报道会有多少人看呢？完全无法成为新人的榜样……”温格虽不抱希望，却还是认真阅读起宣传单来。

这张宣传单色调平平，画面中是一座中世纪古堡，被电脑特效做得阴森诡异，过于夸张了些，反而让人没了兴致。边上的宣传词条也千篇一律，什么机不可失，时不再来，绝对的惊险刺激，开业优惠……

不过宣传单右下角的一排小字倒是吸引了温格的注意力——

“爱冒险、爱探索的朋友们千万不要错过哦，在鬼屋中，有一定的概率会遇到真实的吸血鬼。”句子的末尾，还有一颗荆棘环绕的红色五芒星，不知在表达什么。

吸血鬼……啊。

温格支起下巴，若有所思。

吸血鬼是在古欧洲盛行一时的鬼怪，相貌美丽，没有体温，身怀异能，最惧怕的是金属银及阳光，千年不死，以人血为生。

这种古老而神秘的鬼怪在最近的出版物里有再度流行的趋势，不少年轻人对他们迷恋不已，因其有高贵的气质及来自黑暗的超凡力量。

温格不能免俗地也关注过这方面的志怪小说。对于吸血鬼，她不是太热衷，也不是很排斥。

不过这排小字，还真的挺奇怪的。这想必也是招徕顾客的一种手段吧。但若说是单纯想吸引游客注意的话，那么这排字也太小了点儿，用词也不够华丽，极易被人忽略。若宣传人员希望这行字被忽略，那又何必多此一举打在宣传单上呢？还是这么一句略显突兀的、让人摸不着头脑的话，句末还有个不知所谓的图腾。

看来，鬼屋的经营者与众不同。

“刘苏苏，你想去鬼屋吗？”温格不经意地问。

听闻这句话，刘苏苏的脸色“刷”地就变了，反应灵敏宛如碰到强碱溶液的pH试纸。她缩了缩身子，然后剧烈摇头：“我可不敢去。我对这种恐怖的东西没有一点儿兴趣，你若要去，就找表哥吧。”

“鬼屋吗？那种地方，我进去会睡着的。”低头奋笔疾书的沈铭溪依然不忘竖耳倾听前排两位女生的闲聊，不失时机地插进话来，“估计很快就会倒闭吧，鬼屋啊，如果不是特别出彩的话，单独开设出来是很不容易赚钱的。”

温格忽然就不服起来，“你怎么就知道不是特别出彩？说不定有意外惊喜。”

“噢，但愿是惊喜而不是意外。”

温格觉得，沈铭溪活在这个世界上无非就是两个作用：一是让人崇拜，二是让人生气。

傍晚，温格做完作业就叼着笔坐在书桌前发呆。最终，目光还是落到桌角的鬼屋宣传单上。

总觉得新一期报纸让人毫无头绪，难道……

真的要用鬼屋当素材？

无论这张宣传单里的鬼屋用了多少电脑技术修饰，但不可否认的是，它看起来的确很有中古时期的味道，能让人联想到公主王子、庄园小径、鱼油灯及裁纸刀。

然而即便如此，又能报道些什么呢？

于是不可避免地，温格的注意力又再次回到那排小字上。

“真实的吸血鬼。”

真的，会有吸血鬼吗？

要不……就去看看？

温格的眼珠跟着飞快运作的思绪转起圈来，如果报道的标题是“走访传说中存有吸血鬼的古堡”说不定会很有人气！

说干就干。

温格满身的工作细胞瞬间就像被打了激素似的活跃起来，她立刻跳下椅子，手忙脚乱地整理外出装备。

温格自行设计了“记者探险装”，整套行装包括学院风的灰绿格子贝蕾帽，复古风镜，从上到下一共八只口袋的卡其色皮质马甲，抗脏能力十分强大的亚麻衬衫，黑色的靴裤，还有一双非常坚韧的跑鞋，全部配在身上帅气而不失可爱。

温格还有一只与她出生入死的旅行包，里面装着笔记本、卷尺、手电筒等采访调研设备。温格把鬼屋宣传单塞进包里，然后在脖子上挂上沉甸甸的单反相机，便出门了。

温格壮志满怀地骑上车，风一般向目的地疾驶而去。

宣传单显示，鬼屋就在叶南初中旁不到五百米的地方，温格骑十五分钟的车就能到。

鬼屋的营业时间是下午四点到晚上十二点，双休日则是全天。温格于是推测，鬼屋经营者大概除了照管鬼屋还有其他工作。

在距鬼屋不远的地方，温格看到了崭新的提示标牌，标牌上画着一只小蝙蝠，还有一只表情凶恶的吸血鬼，大致意思就是前方即是鬼屋。

温格的视线在那只图画中的吸血鬼上停留一会儿，然后她停好车，小心翼翼地按照标牌的指示继续向前走去。

莫名地，胆大如她，居然也有些惧怕起来。大概是夜晚比较冷吧，温格这么想着。

吸血鬼。身负异能的吸血鬼，以血为食的吸血鬼。

嗯，如果遇到的话，第一句话该说什么呢？他会笑着和人打招呼，还是如野兽般循着血液的芬芳直扑而来？想到此，温格打了一个哆嗦。

唉，还是遇到再说吧。

走了几步后，温格就看到了一座欧式古城堡，毫无疑问，这就是鬼屋。

鬼屋有普通别墅大小，两层高，装扮精致，黑色的墙体及哥特式建筑独有的尖细塔顶将鬼屋的阴森感表现得淋漓尽致。两旁人工制造的枯木枝杈横生，还真挺有氛围的。

温格惊叹不已，站在不远处的路灯下拍了几张远景。

现实中的鬼屋因其二维平面无法表现的立体感而比宣传单中的出色许多，让人如同身临其境。用单纯欣赏建筑物的眼光来看，温格觉得，这座鬼屋相当有水准。

若将照片带回去，一定可以让毒舌班长天才沈吃惊。

就在温格欣赏着相机中的照片时，一位妆容艳丽，撑着黑色蕾丝伞，身着鱼尾裙的女士款款走到她面前。一看就是鬼屋里的员工。女士的装扮也是哥特风格，有鬼怪的味道，不过那刺目耀眼的大红唇让温格实在不敢恭维。也不知道是不是她本人故意为之，那红唇怎么看怎么像幼儿园孩童的涂鸦作品，下手一点儿也不知轻重，恐怖中夹杂着一丝喜感，温格一时间不知以何种表情面对。

“小姑娘，你该不会只是在门口拍拍照吧？”红唇女士灿烂微笑着，然而眼里却有明显的鄙夷。

完了，大概是来指责她拍照不给钱的。记者当多了这种事还是挺常见的。

温格急忙收好相机，彬彬有礼道：“尊敬的阿姨，不经同意拍照的确是我不对，如果您是鬼屋的工作人员的话，我深表歉意。不过这鬼屋真的很好看。我想将照片带回去，让我同学欣赏一下，如此一来，就会有更多人认识到鬼屋，想来一探究竟。”温格的好口才在没有沈铭溪的地方都能发挥得淋漓尽致。

“哦，是这样吗？”红唇女士脸上的笑容真挚了些，“你是个挺会说话的小姑娘，那也就算了。如果你真能带几个人过来玩就更好啦，唉，开张两天，顾客很少呢。”话毕，女士哀愁地叹了口气。

“我也是才接到宣传单，放心吧，阿姨，鬼屋那么漂亮，您打扮得也那么有特点……之后的客人，一定会源源不断的。”

温格注意到，红唇女士的脖子上挂着一条项链，其上缀着缠绕荆棘的红色五芒星，与宣传单上的一样。

“那你对鬼屋感兴趣吗？进来看看吧，保证它从里到外都不会让你失望。而且现在开业大酬宾，原来两百元的门票，现在只要一百元哦。”红唇女士极力劝说。

折扣很美好，但是怎么感觉还是有点儿贵？温格在心里嘀咕。

见温格沉默，女士又继续说：“你真的不打算看看吗？真的很好玩噢，门票之所以要这个价格，我也没办法，毕竟鬼屋建造起来可花心思了，总希望捞回点儿成本的。你也看到了吧，鬼屋的外观，这些都是要钱的啊。”话毕，女士一副痛心疾首的模样，红唇咧成一道朝下弯曲的弧。

“但是请问，阿姨您真的是鬼屋的售票员吗？”温格向前张望了一下，有些奇怪，“好像鬼屋这附近……除了您，就没有其他工作人员了呢。”

“哈哈，目前鬼屋的工作人员只有我一个。我是鬼屋的经营者，同时也为自己打工。现在客人又不多，不需要太多员工啦。”红唇女士微笑着解释。话语间，露一个微妙的神情，温格不清楚那意味着什么，也没有深究。

一座极壮观的鬼屋和明显不成正比的员工数量，感觉还真有点儿奇怪。不过也好理解，造好这么漂亮的鬼屋，没有钱雇用员工也在情理之中。

对于温格而言，参观一次鬼屋花掉一百元零用钱也就意味着这个月之后的生活要非常节约。但是，为了素材，为了叶南初中资深小记者的声誉，这似乎又是必需的。

温格忍痛从钱包里掏出一张一百元的钞票。

红唇女士一见到钱，眼睛就“刷”地亮起来：“哎呀，真是果断干脆的小姑娘，保证你不会后悔的。”

温格手持钞票，并未直接递上前，她支吾着问：“在宣传单上说……这里，可能会有真实的吸血鬼……那是，纯粹的宣传语，对吧？”

“不是哦。是真的存在呢，就在鬼屋里。吸血鬼啊，可是又漂亮又强大的，真让人羡慕。”红唇女士眼中顿生憧憬，温格不难看出，她深深沉浸于吸血鬼的神秘，近乎疯狂。这让温格本能地有些畏惧。

“你可以自己进去搜寻一下。不过吸血鬼可是一种骄傲而难以亲近的生物，究竟他是否乐意见你，得看你们的气场是否相合。”话毕，红唇女士故作神秘地挤了挤眼睛。

是啊，无论如何，得自己去一探真伪。寻找真实，也是记者的本职工作之一。

温格的视线重新回到面前的哥特式城堡上。她取下风镜装在口袋里，蓄势待发。

2

“吱”——

温格用力推开沉重的木门，见到的是昏暗的大厅。四处充满霉味，光线也不是太好，温格没走几步就撞到了脏乱的蜘蛛网，于是她赶紧用餐巾纸擦了擦脸。也不知道鬼屋内部是仿真度太高还是怎么的，居然会这么脏。温格取下帽子抖了抖，一只手掌大的蜘蛛赫然趴在帽子上。温格用力一挥，将蜘蛛挥走，深吸一口气，再扣上帽子。好吧，这里员工不多，动物倒挺多，后者弥补前者。

温格在宽大的厅堂里兜了一圈，鬼屋中似乎只有她一人。本来也没什么，不过这种只能听见自己的脚步声和呼吸声的环境，还真让人有些发毛。

鬼屋中央很是昏暗，但墙角仍然有灯，可以照亮墙体周围，于是温格就摸着墙前进。

墙边有栩栩如生的蜡像，一些旧时期贵族女人的画像，还有一些脏迹斑斑，眼睛会动的活动关节人偶。然而无论哪一种艺术品及摆设，格调皆极是复古，略显陈旧。

画像中女人的束腰，羽扇，被裙撑撑起的长裙，极易让人有穿越至古欧洲的错觉。温格在一张美丽的画像前驻足，仔细看画中那面无表情的女人，她高高抬起的下巴，眼神肃穆而庄重，仿佛祷告归来。

那画像越看越逼真，温格总感觉那女人会在人们不注意的时候，偷偷从画上溜出来。

如果这里不是刻意被说成是鬼屋的话，或许会被误认作古堡遗迹。整座鬼屋里都没有任何播放孤魂喊冤、厉鬼嘶鸣的音响设备，这和其他鬼屋有些不同。不过大概正因为如此，古堡的感觉就更为逼真了。

走着走着，温格老毛病又犯了，拎起照相机在光线好的地方拍了又拍。当然整座鬼屋都极是昏暗，光线再好拍照效果也好不到哪里去。

温格边拍边扶墙走进许多房间，皆无异常。这让她有些失望。她几乎可以肯定，整座鬼屋里就她一个人，别说游客，连扮鬼的人都没有。看来红唇女士的确在经营中遭遇财政赤字，使得好好一座鬼屋冷清如此。

那些一开始看着颇有些气氛的画像布偶，看多了，也会觉得腻烦。何况每个房间，都是千篇一律。温格有了打道回府的想法。

灵光一闪，温格忽然想到那个宣传单上的“真实的吸血鬼”。

对哦，这一点，她很有查证清楚的必要。这可是促使她来鬼屋探秘的主要原因啊！

温格振奋起精神，在一楼转了整整一圈。在光线极度不足的情况下，她在行走中碰到了不少阻挠她的巨型木偶，差点儿被绊倒。

一楼的探查结果是无可疑迹象，除了一个带锁的房间无法进入。

于是，她爬上二楼。

温格极是郁闷。

一楼已经昏暗得过分了，不料二楼居然更黑。

如果说一楼的光线很容易让人摔跤，那么二楼就是彻头彻尾的伸手不见五指。温格在楼梯口僵立许久都不敢踏出一步。

温格忽然记起自己带了手电筒。虽说在鬼屋里使用手电筒疑似作弊，但是这里没有工作人员，作一下弊应该不要紧。

居然现在才记起。温格叹一口气，迅速掏出手电筒，打开，登时嘴角抽搐，情不自禁地喊道：“被骗啦！”

好吧，这城堡的确仿真程度高，摆设也很到位。可这是鬼屋啊！一点儿不可怕啊！这幢建筑的内里，更像是杂物室，堆满了有复古味道的各种杂物。但是鬼呢？鬼呢？无论真的假的都没有，都没有啊！

温格在心中哀号阵阵。

而二楼，无疑是杂物室的核心地区。

大大小小的箱子堆满了过道，没手电筒的客人很可能一脚下去就被箱子绊倒。如果在一楼就已经被绊倒过，那么恭喜了，这次鬼屋之旅绝对要带好几处乌青回去，也算不虚此行。

温格满眼忧郁地看着一望无际、从这头堆到那头的箱子，停在楼梯口，一点儿不想再走了。

这一百元，让人花得胸闷。也不知其他光顾的客人是什么想法，出去会不会有杀了那红唇女士的冲动。

温格撅起嘴巴，幽怨的目光来回扫视整个二楼。

随便看看，就下楼返回吧。温格这么想着，无奈地挥摆着手电筒。手电筒淡黄的光跃过层层纸箱，停在墙边。那里，挂着一张璀璨的银色面具。温格不由仔细观赏起来。

那是张很美丽的威尼斯面具。与其他复古摆设不同，这张面具虽有时光的印痕，却并不显古旧，有珠宝镶嵌其上，华美异常。

温格被吸引住了。

那面具似有股神秘的魔力，让周遭的一切黯然失色。一瞬间，温格的眼里，就只有那抹清淡的银白。

她费尽周折，翻越过各式各样的箱子。

她紧握手中的相机，怀着崇敬的心情接近面具，如同信徒走向圣城梵蒂冈般庄重。

如此美丽珍奇的面具，当然有成为她素材的必要。

然而，就在温格要到达面具前方的时候，面具忽然以极其微小的幅度动了动。

温格停住脚步，怀疑自己看错了。

她屏住呼吸，凝神。面具又动了。这次，温格惊恐地发现，那张威尼斯面具并非如她所想般，是挂在墙上的。它，是被一个人戴在脸上的！

戴着面具的，是紧贴在墙边，几乎与二楼的黑暗融为一体的黑衣人！

温格强忍住惊叫的冲动。她确实是被吓到了。有谁会纹丝不动地贴在墙边无声无息，在黑暗中假装不存在呢？

这……会是……工作人员吗？

温格正在疑惑，然而戴着面具的黑衣人，却猛地跨前一步。他的脚尖轻轻贴上温格的脚尖，如同鬼魅，悄无声息。

黑衣人身材高挑，温格的头顶，刚好触及他的胸膛。温格不得不抬起头来，睁大的眼瞳中，装满那张似笑非笑的威尼斯面具。原本，她只觉得那是副颇为美丽的面具，现在，她忽然觉得，那面具的美丽中横生出一丝诡谲来。

她呆呆地看着，从心底滋生出的恐惧，如一只细长的女人手，掐住她的咽喉。

黑衣人低下头来，面具就缓缓靠近，柔顺笔直的银色长发，丝丝滑过肩膀。

世界仿佛静止。

温格听见自己的心脏因恐惧的鞭打而越跳越快。

面具在很近的地方停住了。温格的鼻尖都能感觉到，面具上有冷冽的气息散发出来。

而在那面具后，是一双不为常人所拥有的银灰色的眼睛。

瞳孔色素浅淡出奇，让人找不到焦距。

那简直比面具本身更闪耀、更震撼，广袤如同银河。

温格吓呆了。一时间，大脑一片空白，而后，她回过神来，本能地就想以最快的速度离开面前这个似人似鬼的东西。她手脚并用地倒退，被无数个箱子绊倒又毫无感觉地爬起，眼睛都来不及看路，就连滚带爬地到达楼梯口。

温格脚步一空，只觉重心不稳，这才回头一看，惊恐地发现自己就要跌下楼去。

“啊！”她出声尖叫。

也就在这时，那双银灰色的眼睛，无声地跃至她的面前。

黑衣人自半空中揽住温格的腰，一双修长有力的手，却仿佛在冰箱里冰过一般毫无温度。

也不知是因惧怕还是因那手过于冰冷，温格只觉自己唇齿相磕，牙床颤抖着发出咯咯的响声。耳边，却有好听若管风琴般的声音幽然响起，带有戏谑的意味：“小姐，脚朝上地摔下楼梯，可一点儿也不好看。”

“你……你……你……”温格紧紧盯着面前那掩饰住一切真相的美丽面具，心中惊慌无比。

一个奇妙的，不太现实的想法，慢慢浮出水面，让她若生锈齿轮一般的脑袋，又断断续续地运作起来。

“难道你是吸……吸……吸……”她支吾半天，却始终不敢吐露完整字句，倒是面前器乐般的声线沉着优雅地继续道：“对，我是吸血鬼。”

吸——血——鬼。

马大哈少女典范温格，在这一天，遭遇了接二连三的惊吓。这在平时几乎不可能。

一句语调极为平淡的话，让温格本就因吃惊而久久未合的嘴巴，张得更是惨绝人寰地大。

银灰色的眼瞳里似乎盛满了笑意："你是不是应该站起来了，小姐？"

温格这才发现自己维持着上身向后倾斜一脚抬起被自称吸血鬼的先生抱着腰的姿势好久了。她连忙跳开一步，脸上惊讶不减，面色苍白如纸。

"你如何证明你是吸血鬼？"她稳住呼吸，双手紧紧抓住楼梯扶手。

"我就是，无须证明。"吸血鬼先生双手一摊，银灰色的眼瞳中依旧盛满笑意，"那要不，你告诉我，你如何证明你是人？"

"我……"温格一时语塞。

"如若我不是，怎能及时在你要摔下去时，将你扶住？"吸血鬼先生没有继续为难温格的意思，于是说。

的确，普通人不可能那么迅速地从墙边移动到楼梯口。

温格沉默，眼睛则是怀疑的窗户，戒备地打量着吸血鬼先生。

总感觉形势有那么点儿微妙，她思忖着。

他若不是吸血鬼，那么这鬼屋她就白来了；但他如果是，她也高兴不起来，因为更重要的安全问题还需要担心。吸血鬼，在传说中，不是总会攻击人类的吗？他们最喜欢的食物就是细皮嫩肉的小女孩。

所以……此时此刻，她需要拔腿就跑吗？

温格左右为难，不知如何是好。虽然还不能完全肯定吸血鬼先生的身份，但是他那与常人有着明显区别的冷冽气场非常强烈。挨近他，就能感受到前所未有的低气压。他明显是个异数。

只是，现在逃，还来得及吗？

不逃的话，该说"你好，很高兴见到你"吗？

温格开始后悔。早知如此，就该在付出一百元大钞前想清楚对付吸血鬼的办法，才不至于陷入如此窘迫的境地。

吸血鬼先生却忽然打破沉寂，"小姐，我现在很需要你的帮忙，不知你是否愿意伸出援手？"

温格一惊，"啊？"吸血鬼先生的声音是如此真挚，然而温格还是情不自禁伸手摸了摸自己的脖子。她十分担心吸血鬼先生下一句话会是"我快饿死了，所以请让我咬你一口”诸如此类的话。

“你看见了吧，那个掌管鬼屋的女人。”

“唔……嗯。”这话倒让温格有些迷惘，“你是说在门口卖票，穿着鱼尾裙撑着蕾丝伞的那个？”

“没错。她是个一无所长的普通人，却对吸血鬼极其狂热。不知为何，她手里有一张能力奇诡的威尼斯面具。”吸血鬼先生指了指自己的脸，“这张面具，是她趁我虚弱的时候，强行戴在我脸上的，而我无法将之摘除。因为蕴涵在面具中的强大封印能力，我只能在二十平方米的范围之内活动。除此之外，我哪儿都不能去，甚至连楼梯都下不了。我不得不在她的鬼屋里，当她的招财猫，有事没事出来吓一下客人，这让我越来越厌倦。”吸血鬼先生的语速比方才快了些，然而他的声音却依然波澜不惊，一点儿没有受拘束者的绝望及惊恐。

这是真话，还是假话?

“那么你……你是来吓我的？”温格困惑。这经历听起来是很悲惨，可为什么求她帮助的吸血鬼先生给人的感觉一点儿都不悲惨呢？这真的不是骗她的吗？如果是骗她的话，那又有什么目的？这也算是鬼屋里的小戏码吗？创新也不带这样的吧？温格满脑子问号。

“我不轻易出来吓人，更多时候我是贴在墙壁那里充当摆设。”吸血鬼先生说，“我看见你，觉得你还算可靠，走上楼时淡定自若，没有丝毫恐惧，和其他客人不同，所以我就过来，请你帮忙。”

“不过看到你被我吓得差点儿滚到楼下去的样子，我又觉得我的决定是错的。”末了，吸血鬼先生又补上一句。

“那我应该如何帮你？”温格神色复杂地看着吸血鬼先生，姑且相信他，看他能继续说出什么来。

“去一楼，找到一只洋娃娃，它的脸上也有一张威尼斯面具，但那是黑色的。把那张面具给我，我就可以自由。”

听起来好像还挺有趣的。温格想试一试，然而沉吟半晌，还是问：“如果我拒绝帮你，你会怎样？”

“我会诅咒你以后没有男朋友。”

温格看着吸血鬼先生银灰色的眼睛，发现他是认真的。

“那好吧，我帮你就是。”温格说着就走下楼去。不过一楼那么大，该从何找起呢？

“如果过了五分钟还没有找到的话就算了，别管我，自己回去。”吸血鬼先生在温格身后叮嘱，“那个囚禁我的女人每过一段时间就会来鬼屋巡察一次，如果她发现你在找面具，可就不妙了。”

开玩笑的吧，一楼那么大的地方，十多个房间加主厅堂，五分钟之内查遍所有娃娃，根本是不可能的啊。温格努力回想着刚才在一楼见到的各式各样的娃娃，可是对戴着面具的娃娃实在没有印象，本来光线就暗，何况那还是黑色的面具。

虽然不知吸血鬼先生说的是真是假，但是温格开始紧张起来。

这似乎是个高难度计时冒险游戏。温格握着手电筒的手掌直冒冷汗，另一只手则不停翻找着各种娃娃。

时间一分一秒过去。

温格努力寻找着。

终于，她在一只小熊装扮的娃娃上找到了黑色的威尼斯面具。她欣喜地捧起面具，只觉面具上的黑曜石熠熠生辉，应是和吸血鬼先生脸上的银白色面具配对的。

然而不知不觉间，温格的身后已洒下一层阴影。

“砰”，一只棒状物体用力撞击上温格的后脑勺，温格闭上眼睛，跌入一片黑暗中。

3

好困啊!

怎么会那么困?脑袋还好疼,是晚睡的缘故吗?

温格疲惫地睁开眼,视野由模糊变为清晰。温格错愕地发现自己居然躺在冰冷的地板上。

鬼屋,红唇女士,吸血鬼……

她一点点想起,瞳孔猛然收缩。紧接着,她发现了一件更恐怖的事——她的手和脚都被沉重的铁链绑在了一起,只能抬到一定高度,也不能太用力。

温格艰难地爬起,很快她就明白了,自己正置身于一个陌生而奢华的房间内。

这里有豪华的水晶大吊灯,虎皮毯子,高大复古的书架,还有花纹繁复的壁炉。然而温格自己的装备却不翼而飞。旅行包、照相机、手机什么都没了。发生过的一切,像梦,却又比梦还不真实。房间中的奢华显得完全不重要了,温格如临冰窖,感到寒冷刺骨。

然而眼前,跷着腿坐在桌前悠闲地喝着咖啡的,正是那位红唇女士!

“这是哪里?”温格大声质问。

“你应该记得鬼屋的一楼有一个带锁的房间吧?”红唇女士跷着兰花指端住咖啡杯,神情自若,“这里就是。我呢,休息的时候就住在这里,看起来不错吧。”

“一百元票价也包括参观阿姨你的私人房间吗?”

“呵呵,当然不是。”售票阿姨将咖啡杯举到刺目的红唇边,饮下一口,后又徐徐放下,冷笑着看向温格,“我不知道未来到底是怎么了,居然和你一个什么都不懂的小毛孩子说那么多。你发现了面具和吸血鬼的秘密,所以,就必须留下。”

原来,那个吸血鬼先生,叫未来。

很特别的名字。

当然,现在显然不是研究名字的时候。

“那个叫未来的吸血鬼和你是什么关系?”

“哦,他是我捕捉到的吸血鬼。”

“你说要把我留下，究竟是要留多久？”温格觉得，发生在自己身上的一切……好像不是玩笑。

面具的事，吸血鬼的事，好像都是真的。温格看一眼手上的镣铐，心一点一点下沉。

“呵呵，你要一直留在这里，帮我工作。鬼屋里员工太少了不是吗？那你晚上在一楼扮鬼，白天在我的房间里打扫卫生。”话毕，红唇女士又若无其事地喝一口香醇的咖啡。温格只觉得自己的肚子好饿，怒火在空荡荡的腹腔里猛烈燃烧。

“你这是非法拘留，我爸爸妈妈会报警的。”温格极是愤慨。

“你太天真了。你连鬼屋都出不去，被我所掌控，又如何能成功获得外界的帮助？何况吸血鬼未来迟早会被我驯服，有了他，捉住你不过小菜一碟。”

“你就那么确信你能够驯服吸血鬼未来？”在温格看来，红唇女士嘴角那抹自信的笑容简直就是疯狂的象征。红唇女士的不可理喻，反而让温格安下心来。和一个为吸血鬼痴狂的人争论是毫无道理的，与其无谓地浪费口水，还不如好好想想眼下到底该怎么办。

一个神志不清的吸血鬼迷碰巧捉住一只吸血鬼。这世上，大概没有比这更戏剧化的了。

“未来迟早会明白，要自由，只能屈服于我。而一旦他屈服，我就可以要求他将我也变成吸血鬼，做他的同伴。”红唇女士站起来，在试衣镜前愉悦地转一个圈，双手合十在胸前，眼中放出异彩，仿佛已能看到自己变成吸血鬼后获得永恒美貌的样子。温格在一边情不自禁打了个寒战。

红唇女士从幻想中苏醒，狠狠瞪了温格一眼，“记住，想过得好的话，就努力干活，或许哪天我心情好就放了你。日后，你就叫我焦糖夫人。”

焦糖夫人又拎着一套白色的雨披状幽灵装来到温格面前，笑得很是灿烂：“好了，别一副挫败的表情了。你已经昏睡一整天了，而现在，刚好又是傍晚，该帮我干活了。小幽灵，如果惹到客人或是向客人求救的话，就不给你饭吃哦。”温格眼里盛满愤怒，却还是不得不任由焦糖夫人将傻傻的幽灵装套在自己身上。

温格的手只能举到胸前，根本不能把幽灵装脱下来。一时间，温格成了一只披着雪白床单的可怜幽灵，只露出两只眼睛。可想而知，她必须要以这个样子在鬼屋里扮鬼工作。

焦糖夫人刺目的红唇弯出一个满意的弧度。温格故作轻松地想，像焦糖夫人这样化妆，大概一星期就能用掉一支口红了。

焦糖夫人打开上锁的房门，温格只得跟着出去，因为脚被锁住，行动并不能像以前那样自如，还真是不适应。

这简直就是滔天巨变。

明明是来找素材的，眨眼间，已成了阶下囚。

被沈铭溪知道自己居然如此窘迫，大概会被嘲笑很久吧？不过现在，真想让他知道啊！到底该如何告诉外界自己在这个鬼地方忍受着非人的折磨呢？温格绞尽脑汁，却想不出办法。

温格又来到昏暗的一楼，却早已没了初次到访的新奇感。

温格透过幽灵装抬头看向二楼，果然见到银白的威尼斯面具，在栏杆处对着她。威尼斯面具和幽灵装，两两相望。温格和吸血鬼未来，看不见彼此的真实面孔，然而温格却忽然有了一种患难与共的感觉。

被面具封印在二楼的吸血鬼先生，和脚被锁住无法大幅度抬腿踏上楼梯的温格，被楼梯隔开，他们能做的，似乎也仅仅是这样的对视。

难道真要在这暗无天日的地方一直待下去吗？温格暗暗叹息。

“别想着逃出去。小姑娘，你身上的镣铐的钥匙在我这里，我会随身携带它。你们之中，如果有一个人逃了出去，那么另一个会是怎样的下场，我想你们也都能猜到。到时，别怪我没提醒过你们。千万别试图挑战我的忍耐力。”焦糖夫人说完，锁上房间。便踩着一双高跟鞋，身姿妖娆地离开，收她的门票去了。

一瞬间，鬼屋内又寂静起来。

那寂静就像是石头一样重重压在温格心上。本来她以为，鬼屋只有恐怖和不恐怖两种，怎知这下遇到了第三种，简直就是超越恐怖。

许久没来客人，温格便在一楼大厅抱膝而坐，和一堆陈旧的娃娃待在一起。

她仰面看着二楼的威尼斯面具不知该说什么。

“小姐，对不起，我害了你。”

名唤未来的吸血鬼先生手扶着二楼的栏杆，向下眺望着小幽灵温格。他显然也觉得甚是无聊，手一撑，人便轻盈地跃起，坐到扶手上，细长的腿凌空交错，一个顽皮的姿势，被他做得极是优雅。

吸血鬼先生，还是那么从容镇静，一点儿没有被囚禁的感觉。

“没事啦，是我找面具忘了时间。”忽然觉得这样的相望有些凄惨，温格深吸一口气，假装毫不在意地说，“再说这种倒霉事，碰上了就碰上了，后悔也没用。”

银白的威尼斯面具向下低了低，似乎在以一种独特的方式表达愧疚。

就不知，那华美的面具后，是怎样的姿容。

“你别太在意，要是我，我也会不顾一切地求救的，甚至，比你还不计后果。”温格道，“但是，你真是吸血鬼？”

“当然。原来你还没完全相信。”

“不，我相信你的，就是……觉得不可思议……”

未来食指弯曲，抵在下巴处想了一下。然后面具轻轻一晃，眨眼间，未来的整个身体颠倒了过来。他就这样倒着挂在天花板上，如同蝙蝠一样。未来站定，长到脚踝的风衣连同银色的长发一同垂落下来，遮住了他的面具。温格无比错愕。

未来优雅地拉开自己如夜幕般的长风衣，然后，在天花板上转起圈来，跳着一支没有伴奏的回旋舞。

衣摆巨大的黑色风衣发出“刷刷”的响声，如厉风横扫而过。黑暗被他飘扬而起的银发尽数驱散。未来又跳回栏杆上，细长的栏杆却一点儿没能阻碍到他霸道凌厉的舞步。天花板与栏杆之间，仿佛搭了座无形的桥，未来自由来去，长发铺散开，形成一个巨大的银色漩涡。

风衣的衣摆飞驰在身边，他就是夜的死神，鬼魅的面具隐藏住他的温柔。

未来结束一支无声的舞，从容地鞠躬：“我现在受面具束缚，如若哪天我自由，就可以向你展示更多。”

“已经很精彩了。”楼下的小幽灵热烈地鼓掌。一时间，温格觉得处境也没有那么糟了。未来也全然不介意就温格这么一位观众在场，再次鞠躬致谢。

这还真是奇妙的经历。如果以一定的代价作为交换，也不是不可以啊。如此想着，温格便释然了。

“焦糖夫人说要驯服你，如果她驯服了你，我就再没有逃出去的可能。”温格忽然想到些什么，颇为担心地问，“你会被她驯服吗？”

“当然不。她怎有资格驯服我？”未来伸出一根细长的手指摇了摇，“我知道，她想变成吸血鬼，这才是她做这一切的根本动机。而变成吸血鬼，必须得到我的认可，以及我体内的吸血鬼之血，两者缺一不可。但我必然不会让她那样道德沦丧的人类成为我的同族。”

“那你，会选择怎样的人成为你的同族？”温格理所当然就好奇了。

未来双手抱胸，略微低下头去，银灰色的眼睛俯视着坐在一楼地上的温格，声音略带戏谑，“我会选择你这般可爱的小姐。”

温格脸红，本能地撇开头去看身边的布偶，小声道：“我才不要以血为生……巧克力我还没吃够呢。”

“的确，当吸血鬼并不快乐。”未来笑出声来，半晌，又道，“你如果有机会逃走，就别管我。”

“怎么可能呢？我本来就是因为要救你才被关起来的，如果再一个人逃出去，岂不是很没面子？”其实温格打心眼里不觉得未来是被囚禁的，他看起来就像在度假一般放松。

“你还真是个孩子。”听了温格的话，未来如此说。

“我不小了，已经上初二了。”温格挺了挺胸，颇有些不服。

“那也真是太小了。”未来又笑，“比我小了将近三百岁。”

“噢！”温格感叹一声，抓准时机挖苦回来，“那你真是太老太老了。”

“在同族中，如我这般岁数，是才成年。”未来幽幽道，显然有些不高兴温格说他老。

温格在幽灵装后偷笑，原来拥有永生美貌的吸血鬼，也忌讳人说自己老。

“对了，我叫未来，能请问一下你的名字吗？”

“温格。”

“嗯，温格，我会记住你的。”

“别说得我们好像很快就要分别一样，我们能一起逃出去的！”

“可逃出去还不是要分别？”

“也是。多活了几百岁到底不一样。”温格哈哈笑了一会儿，笑着笑着又哀愁起来。她是个乐观的孩子，但并不意味着她就不会哀愁。到底该如何逃出去，实在是个让人头痛的问题。

温格强迫自己冷静，接着思考逃出去的方法。

首先，是要分析现在的情形。

吸血鬼未来在二楼，他不能到一楼。

温格在一楼，但因为镣铐的缘故，她又不能上楼去。能让未来自由的黑色面具在一楼。

能打开镣铐的钥匙，在焦糖夫人身上。

焦糖夫人会在鬼屋门前售票，或者在一楼的上锁房间内休息，当然，不排除她上二楼去干这干那的可能性。

身上的随身物品不知去向。

思来想去，不利因素太多了。而唯一的有利因素，也就是有利程度尚不明了的，盟友未来。然而这个盟友目前唯一能做的似乎就只是和她聊天。

温格再次叹气。

“未来，你……能做些什么吗？”

“你指什么？”

“不如我试着把黑面具给你，你先逃出去。”虽然温格暂时还想不出如何将面具给未来。

“其实谁先逃出去并不重要，我们当中只要有一个可以自由，另一个必然也可以。”

温格一想，发现的确是这样。这是一个大大的有利因素。温格忽然有了很多自信，而未来一贯从容镇静的口吻，更是给予她无限希望。

那么，现在的问题就是该如何将黑面具给未来或者如何拿到镣铐的钥匙。

只需二选一。

4

然而二选一，却也是极不容易。

“其实你不必太操心，我们一定可以出去的。”未来这么说着，却被温格当成无意义的安慰给忽略了。温格依然在思考一起逃出去的方法，思考一整夜，坚持不懈。

这是没有客人的一天。

大概这样新开的独立鬼屋赚钱的确不容易。

其实温格私底下还是蛮想扮幽灵吓吓人的，可惜连这个机会命运都不给她，让她一个人在一楼游来荡去，她把各式各样的布偶画像都参观了几千回，无聊到极点。

夜晚十二点，焦糖夫人摘下温格身上的幽灵装，带她回到带锁的房间，洗完澡后，便悠闲地在书桌前看书。

焦糖夫人一点儿不担心自己房间以外的卫生，但是对自己的房间要求却十分严格，勒令温格努力打扫。

身上锁着镣铐，还要擦地板，虽然这个房间并不大，可是温格还是累得满身是汗。

忙了一晚上，焦糖夫人才给温格吃了些硬馒头。温格忽然很想爸爸妈妈，很想刘苏苏和毒舌的天才沈，想哭，但是她忍住了。她强迫自己别做些徒劳而耗费体力的事，她必须抓紧一分一秒想如何出去。

然而焦糖夫人对温格的压榨还不仅于此。在准许她睡觉前，还从她的手臂上抽取了三针筒的血，说是给吸血鬼未来的饭。

当焦糖夫人给未来送饭回来后，脸色却并不好看，温格只听焦糖夫人暗自念叨：“饿死他算了。”她心想未来与焦糖夫人相处得一定不怎么愉快。

温格终于见到吸血鬼，也算是挖掘到一个价值连城的素材。只可惜，这个素材已经无法让她兴奋了。当然，如果她是自由身的话，那就另当别论了。

熄灯后，温格蜷缩在地毯上，身体里的每个细胞都因疲惫而呻吟。她只想安安稳稳地睡一觉，闭了闭眼，又因脑内思绪翻飞而一直失眠。温格忽然心生一计。

定了定神，温格开口道：“焦糖夫人，您看，养活一只吸血鬼不容易，开鬼屋也不容易，要不就别做了，我们一起干别的，我继续帮您做事。”

“你？你一个小孩子能做什么？”焦糖夫人冷哼一声，“我也不是非要开鬼屋不可，我只是很喜欢把房子变成这种造型而已，这样很适合圈养吸血鬼。”

“但是，为什么非未来不可呢？非常抱歉，我是真心实意地想请教这个问题。看起来，他也不好养活，或许应该选择其他的吸血鬼。”

“即便他不好养，我也偏要养，你当吸血鬼是天上飞的麻雀吗？其他吸血鬼？哪有那么好找？”即便是在黑暗中，温格还是能想象到焦糖夫人一脸痴狂的神情，“我绝对不会放弃未来，他是我千辛万苦捉到的。至于你，暂时就做他的食物，为他提供血液。所以说，无论怎样，你们两个缺一不可，你要怪呢，就怪自己没事瞎管闲事吧。你还真是个笨小孩，以为靠一己之力就能救出吸血鬼。我先睡了，如果你还有什么乱七八糟的想法，劝你通通打消。”

温格听着气不打一处来，但也无计可施。看来用软的是完全行不通了。眼下这位焦糖夫人对未来简直是热衷到不行，想说服她让未来自由简直是鸡同鸭讲。

温格在地毯上翻来覆去。她最心爱的记者专用装已经污迹斑斑，而她也无心顾及。

思索着下一个逃跑方案，温格跌入梦乡。

清晨，温格还在梦里，便被焦糖夫人推醒了。

“我要外出工作，下午三点回来，在此之前，你都要待在这个房间里。门我锁了，你给我继续清扫房间，这样晚上你就会轻松点儿，别就光顾着睡，听明白了吗？”

焦糖夫人“砰”地关上门，而温格睡意全无。

真是不知道究竟什么神奇的工作单位才会收如此邪恶、如此疯狂的女人。

温格爬起来，咬牙驱赶尽心中的一切负面情绪。

又是一天，她要鼓起勇气，继续寻找能获得自由的方法。不能泄气，为了她自己，也为了未来。

一定要把未来从那个疯狂的女人手里解救出来。

温格忽然感觉，前所未有的英雄情怀，在这一刻，在自己的体内生根发芽。

虽然房间锁了，但或许这个房间里，有什么可以利用的东西……

温格环视四周，最终，视线落在焦糖夫人的书桌上，便有了主意。

温格迅速从书桌上取来纸笔。对的，写一封详尽描述自己悲惨境遇的求救信，或许作用会非常大。鬼屋一旦有了客人，那么……或许可以拜托客人。

焦糖夫人不允许温格向客人求救，而的确，顶着脱也脱不掉的幽灵装贸然求救说不定会吓到人……那么用信纸，应该，或许就……有希望。

温格的手开始冒汗，她焦躁不安起来。

说不定这个鬼屋永远不会有客人，又说不定，来了客人还会被温格的幽灵装扮吓到，就更别提拿到她的求救信并救她了。

温格感觉自己像是流落到一座孤岛上，送出SOS（国际求救信号）信号瓶，看着它在海上漂呀，漂呀，希望与绝望并存。

温格握了握拳头，无论如何，不能放弃。

她是一名记者，也是一名战士。未来也需要她救呢。她绝对不能放弃。

虽然不知为什么，那只活过数百年的吸血鬼自始至终都十分淡定，一点儿不着急，仿佛料定自己一定能自由似的。这就是活过三百年的气度吗？也是，在各种传说中，吸血鬼总是不死的，在棺材里一睡就好几千年的那种，这么几天的囚禁，应该不算什么吧。

温格将写好的求救信叠成小方块，放入马甲的口袋里，轻呼一口气，心中大石落地。她坐在焦糖夫人的椅子上，百无聊赖间，翻阅起她的书籍。书桌上最厚重的一本，显然也是关于吸血鬼的，书中详尽介绍了有关吸血鬼的各种传说，从《死海古卷》[1]里亚当的第一任妻子莉莉丝，到勒法努的女吸血鬼卡米拉[2]，再到吸血鬼伯爵德拉库拉[3]……温格轻而易举地在书中找寻到了荆棘缠身的五芒星，原来这是个吸血鬼同好会的标志。

下午，焦糖夫人回到房间。她换了一套衣服，精心粉饰一番，就去售票了，温格也被从奢华的房间里赶了出来，继续在陈旧的鬼屋中扮演幽灵。

虽然带锁房间和外头的鬼屋一样憋闷不已，不过相比之下，温格还是喜欢到房间外头来。毕竟，这里有未来，可以和他聊天解解闷。

“嗨，未来，我又出来了。”温格苦笑着对着二楼的栏杆处打招呼。

银亮的威尼斯面具听闻呼唤，便从黑暗中浮现出来，如同一只光怪陆离的

注释①：目前最为古老的《圣经》抄本，出土于死海附近，故名为《死海古卷》，包含《圣经·旧约》以及一些未被基督教承认的内容，其中介绍了亚当的第一任妻子莉莉丝，相传莉莉丝是吸血鬼之母。注释②：出自《女吸血鬼卡米拉》一书。这本书由英国作家勒法努所著，讲述一位贵族小姐与女吸血鬼之间的故事，为吸血鬼经典小说之一。注释③：出自吸血鬼小说开山之作《德拉库拉》一书。

水鬼。

自一片黑暗中伸出一只修长、苍白的手，轻轻搭在扶手上。未来面朝温格，银发就如笼罩全身的一层光环，如梦如幻。

“你睡得好吗，温格？”

管风琴一般极具穿透力的嗓音念着温格的名字，有种无法言说的美妙。

传说里，吸血鬼是吸食人类血液的鬼怪，所以吸血鬼必须有俊美的面孔及好听的声音，如此才能迷惑住自己的猎物。这是个美丽而忧伤的传说。温格看着未来那双银灰色的眼睛，有那么一瞬间，无法辨识他究竟是敌是友。他说，他们中只要有一个可以自由，另一个必然也可以。

她该信任他吗？

面前的吸血鬼未来，依然很从容，细长的手指在扶手处轻轻弹跳着，仿佛提琴手在进行一场优雅的演奏。他有一副银色的面具，能掩藏住所有表情及思绪。吸血鬼，他们的真实只属于黑夜。

温格摇摇头，甩开一切疑虑，露出一个只有自己才能感到的坚定微笑，“我告诉你哦，未来，我有了一些想法，说不定我们可以一起逃出去。”温格看了看四周，然后压低声音对未来说。

未来似乎笑了：“哦，你还真是不安分呢。”他依然一副无所谓的样子。

“你被关进来多久了？”

“早你三天。”

“那你怎么一点儿不着急呢？”温格有些沮丧，“你怎么一点儿不好奇我的想法呢？”

未来沉默，半响，悠扬的声音再度响起，“因为……”

未来还未来得及说下去，便听鬼屋外一片喧闹。

期盼已久的挑战，似乎终于来临。

来了。有其他客人来了。

幽灵装后，温格睁大眼睛。

战争的号角，吹响了。

5

温格来回张望，选定门口的角落，然后，以最快的速度冲过去，藏在一尊雕塑后面。

雕塑很庞大，能遮住温格的身子，但不妨碍温格透过缝隙观察门口。

听声音，好像来人不止一两个，间或夹杂着焦糖夫人尖锐的笑声，大概是数钱数得太开心了。

温格心跳如雷，盈满汗水的手紧紧捏着求救信，那是她渺茫的希望。

胜负，在此一举。

绝对要找一个可靠的客人将信交付。

鬼屋鲜有客人，所以这次，绝对要成功。

很快，鬼屋的门打开了。

温格自雕塑后露出一只眼睛来，一瞬间就震惊了。

天啊，这是什么情况！冲进鬼屋的居然是一群低龄小学生！他们手拉手，满脸兴奋，笑容灿烂可爱。

温格失望透顶。看这群小学生，年龄明显不大，可以让她将获得自由的希望托付出去吗？他们能够不被她吓坏，并接受她的委托吗？

而且，十多个小学生……选谁才比较好呢？

温格忧郁的视线滑过一个又一个笑颜逐开的小学生。

好像，哪个都不可靠。

随便选一个，说不定会害他和自己一样受苦。

但是，鬼屋的客人十分之难得啊。

温格踌躇间，这队小学生已经唧唧喳喳走上楼去，然后很快又失望地下来了。温格斜一眼二楼，在墙壁处看见一动不动的银色面具。未来果然不想招惹这群小孩，在那儿充当摆设，被捏被掐，也不做任何反应。

那么，小幽灵温格是否需要和这群小学生打打招呼呢？

身为鬼屋的一位苦力，如果不尽忠职守的话，说不定会被罚没饭吃，她又不是吸血鬼，饿几顿没什么……

就在温格再次犹豫的时候，鬼屋的门又开了。

温格很诧异，连眼珠子都快掉出眼眶了。

来人居然是温格最意料不到的刘苏苏和沈铭溪表兄妹组合！

只见刘苏苏紧紧拽着一脸淡定的天才沈的袖子，身子有些发抖，而沈铭溪则举着手电筒，眼神如侦探般敏锐沉稳，兄妹俩形成了巨大反差。

“你别那么拽我，好好看啊，一百五十元一个人，一点儿不便宜的。”沈铭溪教育着表妹，听得温格咂舌连连。好家伙，票价短短几天就涨了五十元，这暴利的，焦糖夫人也太黑心了。

“表哥，你真的觉得温格接连几天不上课是因为来到这种地方吗？”刘苏苏的话语里打着颤音。她的状态明显不好，一张脸白得毫无血色。她的手指深深嵌在沈铭溪的校服袖子里，恨不能抓下一块布来。

“可能吧。虽然这种地方看起来很愚蠢，正常人都不会来，但是，温格看起来更愚蠢没错。”真是地道的天才沈语录啊。但是此时听到熟悉声音的温格早不在乎那么多了，她已然热泪盈眶。

温格依然站在雕塑后，等沈铭溪和刘苏苏慢慢走近。虽然内心很激动，但她知道此时自己绝对要步步为营。

鬼屋里还有好多其他的小学生，如果自己忽然冲向熟人，一定会引起不必要的骚乱，要是被外面的焦糖夫人发现异样，那可就功亏一篑了。

沈铭溪和刘苏苏一面观察四周，一面向鬼屋深处进军，慢慢地，就离遮着温格的雕塑越来越远，沈铭溪手电筒的光亮，消失在走廊尽头的一个房间里。他们去别处找她了，温格如此想着。好希望能大声呼叫啊。

温格正想着什么时候出去认亲，脑海里七零八乱的时候，猛然听到一个声音直刺耳膜，“啊，居然有幽灵躲在雕塑后面！”

温格扭头一看，一个小学生正目瞪口呆地拉着她的幽灵袍子，又惊恐又兴奋地大叫。

“幽灵？哪里有幽灵？”

“幽灵在哪里？”

其他小学生立刻来了劲，一窝蜂往这里赶来。

温格只觉得脑袋嗡地一响。

真是要命啊。被十多个小萝卜头挤死在雕塑后面可不是她理想中的死法。温格简直快哭了。这就是传说中的乐极生悲吗？

看来，只能是这个时候了。

温格一咬牙，拖着身上的铁链就开始跑。

她不能跑快，但鬼屋道路曲折阻碍奇多，再加上灯光不好，一时半会儿小学生们也追不上她。而温格对鬼屋已经比较熟悉了，仗着地理优势，跑得顺畅无比，偶尔有几个小机灵鬼捉住了她的袍子，她就转身用力瞪眼睛，怪叫一声，把对方吓走。

温格小跑到门口，正巧撞上前来鬼屋巡逻的焦糖夫人。喘息未定的温格差点儿被吓死。然而焦糖夫人看进眼里的却是温格为了吓客人跑得十分卖命，当下露出一个赞赏的笑容，“干得不错嘛，继续哦，今天说不定能赚一大笔。”

温格赶紧乖顺地点头。焦糖夫人并没如她心中所想的那样留下来监视她很久，很快转身收门票去了。温格大大舒一口气，向刘苏苏和沈铭溪所在的房间跑去。

温格很快找到那对天使一样美丽的兄妹。她静悄悄地站在一盏昏暗的灯下看着他们。

最先发现温格的是刘苏苏，她有少女机敏的天性及极其准确的第六感。

刘苏苏的第一反应是尖叫。叫得撕心裂肺，声音直插云霄，穿透温格的耳膜。

倒是沈铭溪，就算妹妹叫得再如何惨绝人寰，还是一脸的波澜不惊，不是耳聋，就是司空见惯。当刘苏苏终于叫得没了力气的时候，沈铭溪蹙了蹙眉，将手电筒照过来，看见温格的幽灵装扮亦是微微一怔，但很快就恢复了镇静，拖着声音里带着哭音的刘苏苏靠过来。

“哥，不要过去，是鬼啊！”刘苏苏哭喊。

“你仔细看，这个幽灵的身高和温格很像。”

听沈铭溪这么说，刘苏苏便止住了哭，睁大眼睛，怯弱地打量着面前的幽灵，声音依然发颤，“可是，表哥，那明明是鬼……”温格真是气死了，但又不敢贸然出声。当初她就是被不声不响出现在身后的焦糖夫人砸晕的，天知道，焦糖夫人又会在什么时候忽然来转一圈。她自己倒不要紧，要是牵连到刘苏苏和沈铭溪，那可就不太妙了。

温格停在灯光下，想了想，力所能及地做出些滑稽动作来，希望被注意。

沈铭溪疑惑的目光上下打量着小幽灵，紧绷着一张俊秀的脸，慢慢走近，而刘苏苏拉着他的胳膊拽着他，阻力巨大。如此，沈铭溪艰难地停在距温格一米不到的地方，问道："你，是温格吗？"

小幽灵惊喜交加地点头。

她觉得，班长大人的声音从未如此悦耳过。

刘苏苏登时松开沈铭溪的胳膊，小鸟一般蹦跳到温格的身边，掀开幽灵袍子，见到的却是满脸灰尘、戴着铁链的温格。

"天啊！"刘苏苏捂着小嘴惊呼，因好友的遭遇而满脸痛苦。

沈铭溪眼疾手快，一眨眼工夫，抢过刘苏苏手里的幽灵袍子，再次罩到温格身上。

"我们还不了解情况，最好先别轻举妄动。"沈铭溪习惯性地一推眼镜，望着温格的眼睛，沉声道，"我猜，现在我们是没法救你出去的，对吗？"

温格感激地点头。

"那最好保持原状，假装什么都没发生，你还是继续穿着幽灵袍子吧。"

唉，为什么只有在危急时刻才觉得和天才沈特别好沟通呢？明明平时躲他都来不及。

温格心中极是感动，默默将怀中的信纸塞到沈铭溪的手里。那一刻，前所未有的信任化为一股暖流，冲入心田。

即便是冤家，她依然感谢命运让她遇见沈铭溪。

沈铭溪借着手电筒快速浏览完温格写满自己不幸遭遇的求救信，然后就将信纸撕掉了。

"表哥，你不必这样吧？你记住了也不用撕吧？"刘苏苏在一边抗议。

"留着可能会出事。我们在鬼屋里逗留的时间够久了，温格在信里提及的焦糖夫人，说不定会在我们出去的时候搜查。总之这种事把柄越少越好。"

"那么，我们告诉温格父母吧？"

"毕竟温格在人家手里，我不建议这样做。"

温格在一旁点头表示极其赞同天才沈。最大的原因是如果求救于父母或是警方，那么吸血鬼未来，未必逃得出去。毕竟解释他的存在本身就是件非常麻烦的事。

沈铭溪双手环胸，不假思索道："我妈妈是医生，我让她开一些强力安眠药，你趁焦糖夫人不注意，让她服用，或许就有逃出来的可能。"

然后沈铭溪转身对焦躁不安的刘苏苏说："明天放学，你就乖乖回家，我一个人来就可以，这样也能降低可疑程度。我会在两天之内救出温格，你就放心吧。"

"表哥，你保证吗？"

"我保证。"沈铭溪露出一个惯常的带有绝对自信的微笑，仿佛救人对他而言，就像解题一样简单。

6

送走沈铭溪和刘苏苏容易，和没玩过瘾的小学生缠斗半天可就不那么容易了，他们吵着闹着要和小幽灵玩。

于是，小学生们开开心心地离开鬼屋后，温格就累趴下了。

真是虐待员工啊，温格如此想。不过想来焦糖夫人必然是不会给她任何补贴的，她心安理得地雇用未成年员工还抽她的血，简直丧尽天良。

不过那三针筒的血到底到哪里去了呢？被未来喝掉了吗？温格疑惑。

“你怎么可以躲起来？应该和我一起扮鬼吓人的。”悲愤交加的温格埋怨起二楼的未来。

“我很抱歉。但我是吸血鬼，如果被太多人发现，我会有麻烦的。”未来的语气有些无辜。

温格哼一声，好吧，姑且接受他的道歉。反正，逃跑指日可待了。

温格有些兴奋。

又一个午夜十二点。

鬼屋里敲起预示营业结束的钟声。焦糖夫人走进鬼屋，照例打开自己房间的锁，领温格进去，帮她脱掉幽灵装后，喝令她清扫房间。

温格表现得很温顺，晚饭是馒头加咸菜，算是丰盛了一点儿。这天焦糖夫人没有抽她的血，温格暗想大概是未来惹焦糖夫人不高兴了，所以都没有饭吃。

这一天就算有惊无险地过去了。

怎知第二天，更恐怖的事来临了。

第一拨小学生大概觉得小幽灵温格太好玩、太有意思了，所以这天更多的小学生呼啦啦地涌入。这些小学生大多来自叶南初中旁边的小学，不可否认，鬼屋附近的小学确实多过中学。

因为一时间客人实在太多，地理优势再明显，也避无可避。很快，温格就被一群小孩围堵住。大家都当她是爱吓人的坏幽灵，用一楼的洋娃娃砸她，温格抱头鼠窜，鬼屋里上演的是小鬼当家一般的闹剧，场面喧嚣无比。

而未来，则在二楼居高临下地俯视一切，仿如看戏的观众。即便知道未来如此做也有自己的理由，但是温格还是忍不住在心里嘀咕了未来几句。

大概也多亏这样的喧闹，沈铭溪才得以轻松混入，将一只小袋子塞给温格。温格顶着满头包躲到暗处一看，是一些强力安眠药，还有附言。沈铭溪说，今晚，他就会来救她。

不知不觉又到了午夜十二点。

这次，该是行动的时候啦。

温格紧紧握拳，胜负在此一举。

趁焦糖夫人去洗澡的时候，温格将安眠药研磨成粉，抹在焦糖夫人的咖啡杯的杯沿上。

洗完澡，焦糖夫人又精心化了妆，才坐在床上品尝她的咖啡，仅仅是喝一口，就睡了下去，滚烫的咖啡洒了一身都毫无知觉。温格原是抱着试一试的心理，怎知药效好到让人瞠目结舌。

到底是天才沈，居然能拿到这么好用的安眠药。

不过那么轻易就让焦糖夫人失去抵抗能力，温格反倒有些失望。

那么弱还能囚禁未来，那么……未来也是很弱小的吸血鬼？

大概，刚成年的吸血鬼都不怎么强大吧。

温格不再细想，急着摸索焦糖夫人身上的钥匙，一摸一大把。门钥匙倒是找到了，就不知哪把是能解开自己手上铁链的。

唉，先出去再说。

温格打开房门，刚好与凌晨闯入鬼屋的沈铭溪打了个照面。

只见天才沈虽身形消瘦，但是一手一只锯子一手一只榔头，一张清秀的面孔，在额上的探照灯下泛出冷光，显得格外气势汹汹，极有专业素养。而他身后，还跟着两个身材彪悍的成年人。

“他们是谁？”温格诧异。

“我请来一起撬门的。”沈铭溪冷傲地一笑，“我告诉他们，报酬是这里的全部东西，可以随便搬走。”

话音刚落，两位成年人就开始动手搬起鬼屋里的各种摆设来，话不多，动作快。

“可是，他们要怎么搬运回家？”温格目瞪口呆。

“外面有卡车，这你就别担心了。”沈铭溪整理好手上的工具，“你处理得怎么样？焦糖夫人呢？”

“已经睡得昏天黑地的了。”温格对沈铭溪肯定地点点头，随即又担心地问，“你带来的那两个人不会伤害焦糖夫人吧？闹出人命可不好。”

“放心吧，他们只喜欢搬东西。”沈铭溪弯下身来，摸着下巴，仔细研究着绑住温格手脚的铁链，“不过这东西该怎么解决呢？”

温格抖出一把钥匙，“钥匙可能是其中一把，你帮我试试。”

沈铭溪手脚迅速地挨个试钥匙，没过多久，就失望道：“好像都不行。”

温格暗暗一惊。看来焦糖夫人也并非全无戒心，她并没有如她所说的一般，将铁链钥匙随身携带。温格扫一眼沈铭溪手中的工具，估计都帮不上什么忙，就道：“你先在一楼找一张黑色的威尼斯面具吧，然后送到二楼。”

“那有什么用？”沈铭溪疑惑。

“总有用的啦，沈大天才，你应该知道这个时候不能浪费时间的，算我求你了，请尽快噢。”

“唉，你不早说。”沈铭溪忙转头去找那两个成年人，幸好黑色面具还没有被劫持上卡车。这张黑色面具是用威尼斯的传统工艺制成的，历经百年岁月，但镶嵌在上的黑曜石，还是难掩光辉，让人移不开视线。

沈铭溪心中盛满十万个为什么，但的确如温格所言，这个时候最不该做的事就是浪费时间。他快速跑上二楼，发现这里灯光暗得可以。

搞什么啊？

就在沈铭溪站在楼梯口左顾右盼之际，冷不丁，一双苍白细瘦的手从黑暗深处穿过来，捧走沈铭溪怀里的黑色面具。

沈铭溪双手悬空，一时间，沉着如他，也忍不住要失神一番。

面前，赫然是一张与黑曜石面具形成鲜明对比的银白面具，银亮的钻石，有新月般的光辉。

面具的表情似笑非笑，嘴角的弧度妖娆诡异。

那双细瘦的手将黑色的面具叠在脸上，“啪”的一声，银白色的面具应声落地。吸血鬼未来封印的咒语，终于解开。

未来缓缓抬起眼，银白的睫毛如梦醒的蝴蝶，翩然扇翅。那是双寻觅不到焦距的浅色眼睛，蕴涵着笑意，诡谲而优雅，浩瀚如星辰。

那就是，吸血鬼未来。

他有一张足以与日月争辉的，无可挑剔的面孔。

未来看着面前的少年。而少年亦看着他，满目震惊。

未来有深陷的眼窝，挺拔的鼻梁，纤薄的嘴唇。超凡脱俗的美貌，在阳光下，根本寻觅不到。他是黑夜的瑰宝，低调奢华。

沈铭溪的心中，冒出些微寒意。那是无法抗拒的，一种很本能的流露。面前的男子，容貌介乎成年与少年之间，皮肤苍白如纸，眉宇间有一股略带邪气的清冷。

沈铭溪果断地跑下楼去，找到正盯着自己身上的铁链愁眉不展的温格，上气不接下气地说："温格，楼上那个是……"

难得见到沈铭溪也有失态的时候，温格有些想笑，扭头，就见一位银发的高挑男子从二楼轻盈走下。长款的立领黑色风衣仿佛是黑暗的延续，更衬托出他面孔的苍白与诡谲。

相处快一个星期，温格仍然感到前所未有的震撼。

温格呆呆地看着未来，他扶着楼梯走下来的样子就像是哪位国家元首接见外宾，举手投足，极尽雍容。

仿佛阴暗的鬼屋中所有光源都集中在面前这只吸血鬼的头上，一时间，她失去言语，只顾凝神望他。

"你是……未来。"好一会儿，她才恍惚出声，仿佛置身梦境。

未来对温格答复一般地微笑，他无声地走到温格面前，双手轻轻搭在温格的镣铐上，动作如此温柔，看起来根本没有用力，镣铐却断成两截，应声落地。

未来微笑着看着温格。

温格则睁大眼睛，"原来吸血鬼还会这个？"

"吸血鬼？"天才沈震惊了。温格急忙拉住他走，"先出去再说。"

温格刚走一步，就感觉踩到了什么。低头一看，居然是焦糖夫人的荆棘五芒星项链，不知怎会遗落在这个地方。温格捡起项链，装进自己的口袋里。

两人一鬼就这样胜利逃出了鬼屋。

出了鬼屋，温格发现自己停在鬼屋旁的自行车早没了，这才想起，被焦糖夫人没收掉的财物连同作业本也都不知去向。就当倒霉吧，唉。

一声响亮的汽车发动声，沈铭溪带来的两个成年人载着鬼屋中洗劫来的物品一溜烟地开远了。

温格不禁莞尔。

“但愿焦糖夫人的生活能步入正轨。”温格如是说。

除去为吸血鬼疯狂这点，焦糖夫人还是挺正常的。她希望焦糖夫人能告别过去，及时醒悟。生活的重心居然是一只吸血鬼——

啊，那毕竟不该是人类的生活。那样活着，毫无自尊可言。

“他们，是强盗？”夜风卷起未来银亮的长发，身形高挑的吸血鬼眯起细长的鬼瞳，看着那辆残破的卡车滚着胜利的烟尘扬长而去。

“应该说，是侠盗。”沈铭溪说。温格下意识地想举起相机拍一下鬼屋。这时拍的鬼屋，一定和刚来时拍的感觉极不一样。然而她不得不承认一个事实，那即是，她的绝佳伴侣相机，已经离她而去。她真想为它办一场盛大的葬礼。

“他们大概不知道，他们拿走的东西，都没我手上的值钱。”未来低头，看着手里一黑一白两张威尼斯面具，唇角是一抹诡谲而耀眼的微笑。

第二章

·剧院 天鹅湖迷踪·

1

“这么说，这两张面具很值钱？”温格好奇地问。

“嗯。”未来点头，垂落在肩膀上的银发华美如月辉，“且不说它们本身具有的封印能力。制造面具的原材料，也很珍奇，都是价值连城的宝石。”

“未来，那你要如何处理它们？”

“我要尝试着物归原主。”很久以后，温格才彻底了解这句话的意思，不过当时，她并未太在意。

沈铭溪忽然将温格拽到自己身边，戒备地看着未来，“你真的是吸血鬼吗？吸人血的那种？”

未来勾唇微笑：“怎么，虽然现在的我，能力还比较弱，不过真要看上你们的血，你们也跑不掉。”

“但是……未来是不会恩将仇报的，对……吧？”温格虽然不太相信未来会伤害自己，但有那么一瞬间，未来身上散发出的低气压，还是让她忍不住一阵哆嗦。

“我的确不会忘恩负义。不过更重要的一点恐怕是，我是素食吸血鬼，最喜欢鸭子的血。”未来的笑容略带歉意，“那个囚禁我的女人完全不知这一点，居然还想用你的血做我的食物。我很抱歉，温格。”

“不，那也没什么……”不过想到自己的血居然敌不过鸭子，温格心中不知为何居然有点儿不平衡。

“那么你岂不是饿了好久？”温格又问。

“这点儿饿不算什么。”未来用手指揉了揉太阳穴，轻声叹息，“不过，很可能再饿几天，我就要不受控制地偷袭本地养鸭场了。”

温格正色，“或许，我可以帮你弄些吃的。”

“你真是位有意思的小姐。”未来的视线如同无重量的羽毛，轻轻飘在温格那张充满青春朝气的娇小面孔上，“你一直帮助我，却从不要求回报。”

“我……我只是力所能及……”温格小声说着，有些不知所措地挠了挠后脑勺。

“喂，你好人做得太彻底了吧。”沈铭溪愤愤地看着温格，随即转而看向未来，一脸严肃，“你倒是证明自己不能吸我们的血啊。”

“如果能的话，我完全没有必要现在还不对你们这两个细皮嫩肉的小鬼下手啊。”未来一脸无辜，斜眼一扫沈铭溪紧紧拽在手里的各种工具，“顺带一提，这些东西，对我一点儿用处都没有哦。”

沈铭溪被未来呛得说不出话来。

温格于是接上，“那，你家在哪里？我们送你回去吧。”

“我没有家。”未来回答得很干脆。

“啊，住我家也没关系。”温格顺口就说。

“怎么可以？你还不知道他是谁！”沈铭溪跳脚，“你才被拐到鬼屋当苦力逃脱没多久，又打算惹一个麻烦不成！”

“他叫未来，是吸血鬼啊。”温格看着沈铭溪，眨了眨眼睛，“我说，天才沈，你也没必要把所有人都当作坏人嘛。如果未来是正常人，我们自然没理由怕他对不对？如果不是，那他想害我们，哪怕我们再如何防范，也防范不了对不对？”

沈铭溪深吸一口气：“那好，如果你真想带他回家的话，先搜个身吧。”

温格望向未来。

“真是心思缜密的小鬼，随便。”未来向沈铭溪伸过手去，“你的那些强盗工具要不要我先帮你拿着？”

“那不是强盗工具，那是救人用的！”沈铭溪一边叫一边将手里的东西都丢给了温格。温格接住，心中苦笑连连，大概也只有未来，才能让沈铭溪失去平日的冷静。

沈铭溪搜身半天没搜出什么来，未来身上的东西实在少，除了手腕上造型奇怪的电子表，就再无其他。“你的确不是正常人，钥匙、钱币都没有。”沈铭溪最终挫败地叹了口气，摘下未来的表，看了又看。

“这块表是不是除了看时间还有很多功能？”表的四周环绕着不少按钮，沈铭溪挨个按了按，没摸出个所以然来。

未来眨了眨眼睛，“这表的确有很多功能，但我也不太会用。”见沈铭溪研究来研究去，又道，“你要喜欢的话，就把它送给你了。当作见面礼。”

“是很便宜的表吧。”沈铭溪立刻失去研究的兴趣，冷起一张脸将表还给未来。

“既然你执意收留吸血鬼，我也无话可说，但愿周一一早还能见到活着的你，再见。”在岔路口，沈铭溪恶声恶气地与温格道别。

看来，那个牙尖嘴利的天才沈又回来了。这才没感动多久，又要陷入冤家模式了。温格不无怅然地想。

仔细琢磨，温格觉得鬼屋的经历简直就像梦一样不真实。

遇到了很多有趣的事，灵感江流水涌。报道，似乎可以写得很好。

这就是所谓的“不入虎穴，焉得虎子”吧。

“你可以从我的窗户翻进我家吗？”在单元楼下，温格指了指自己房间开着的窗户，问，“这对吸血鬼来说，困难吗？”

“嗯，不困难。”

话音刚落，温格就找不到未来的人影了，顿时哑口无言。

好吧，她只能相信未来的瞬间移动能力非常惊人。

温格小声叫了几声未来的名字，都没人应，于是她就自己上了楼，敲了敲自家的房门。

温妈妈开门，见女儿这么脏还明显瘦了一圈，尖叫了一声，指责与询问排山倒海而来。这天温爸爸温妈妈都没睡觉，正准备去报警呢，总算，老天有眼，这个钻进地缝不知去向的女儿又钻回来了。

温格费了很大力气才让爸妈相信她只是掉到了一个比较难爬出来的山洞里。至于焦糖夫人……唉，简直不愿想起她来！

终于回到家，可喜可贺。温格晕乎乎地解释完一切，就进入自己的房间，躺在床上，迫切渴望睡眠。

温格迷迷糊糊地闭上眼睛，却又忽然想起了什么似的猛地弹起身来，四下张望：“未来，未来，你在哪里？”

“在你下面。”低低的声音。

温格登时汗毛倒竖。

听起来，那声音的发源地还真在她下面。

温格打开床头灯，扒着床沿朝床底下看去，未来很安静地睡在那里，平躺着，双手交叠置于小腹上，看起来，好像很享受。然而他躺着的地方分明是她那并不怎么干净的床底下。

一只银色的孔雀，温格这样想着，或者，一颗被黑丝绒包裹住的高档次钻石，如果这么形容不过分媚俗的话。未来的黑色风衣很厚也很长，将他整个包裹住，浑身上下，只露出一小节纤长的脖颈。

察觉到温格的视线，未来转过脑袋，一双鬼瞳，在黑夜中仿佛遥远的星辰。

温格光脚走下床铺，蹲下身看着未来，“你为什么要睡在我床铺下面？”

“这样不容易被发现。”

“虽说如此，但是……但是那里比较脏吧？”看着未来那如日月星辰般璀璨的银亮发丝散布在床下那层轻薄的灰尘里，温格于心不忍。

“这里比鬼屋的卫生状况好一些。”未来倒是完全不介意，末了，还抬眼看向床脚，波澜不惊道，“哦，我看见那里有只小蟑螂。”吸血鬼的夜视能力是不容小觑的。

“是，是吗？请把它弄死。”温格深吸一口气。虽然她不是很娇气的女孩，但这并不代表她就不怕虫子。怕虫子，本来就是每个女孩的天性。

未来的视线在温格不自然的表情上游走了一下，唇间落下个饶有兴致的弧度。他伸出细长洁白的手指，没过多久，就道：“我捏死了。”一副轻而易举的样子。

温格松了口气，但是表情依然不自然。

她想不出除了面前这只来路不明的吸血鬼外，还有谁会用自己的双手处理虫子。

见温格不说话，未来便将印着虫子尸体的手从床铺底下伸出，放到了温格面前：“你要不要确认一下？”

那双手本是很好看的，细长而骨节分明，但是印了虫子尸体后就另当别论了。温格几乎是不受控制地用力一拍未来的手，结果蟑螂的尸体就顺势掉在她悲惨的睡裙上。

温格惊呼一声，跳起来蹦了好几下，才又蹲回原地，有点儿郁闷地看未来。未来笑了，浑身都有些微的颤抖，还笑了好久。

“你不需要洗澡或者干什么吗？总觉得我不该那么对客人。”温格干咳一声，极度希望打断未来对她的嘲笑。

未来倒是完全不介意：“没关系的。我是吸血鬼，不太容易脏。”

“这样啊……”

未来收住笑容，用银灰色的眼睛看着温格，熠熠生辉：“对了，你就真的不怕我是坏人吗？”

温格微微一怔，不知如何出言应对。

“说不定等你睡着了，我就来吸你的血，之所以藏在床铺下，只是因为行动方便。”未来一字一顿，刻意压低的嗓音，嘶哑中带着阴森。如果吓人也是一种技艺，毫无疑问未来已炉火纯青。

“唔……”温格缩了缩脖子。她紧紧盯住未来，眼神中有探寻的意味，“如果你真需要我的血……能不能别全部拿走，给我留一点儿，让我活下去？”

“这真不是个奢侈的要求。”未来无声地笑了，“我吓唬你呢，明天我就离开。你如此帮助我，我非常感谢。”

“明天，那你有地方住吗？”

“分别”，总归是个让人开心不起来的词。温格凝望未来苍白俊美的面孔，回忆着这几天发生的如梦如幻的一切。她并未完全熟悉未来卸下面具后这种美到不真实的面孔，因过于完美，反而觉得难以接近。忽然就生出一种错觉，未来是否依然戴着一张面具。

“住的地方啊，现在还不知道，明天再说。”仿佛在议论别人的事情，未来依然一副无所谓的样子。温格不知是不是所有吸血鬼都是这样，淡定从容，是行为作风，也是生活态度，大概，哪天有人告诉未来世界末日即将到来，他的反应，就只是个“哦”，连眼皮都不抬一下。

温格沉吟片刻，面露担忧，“未来，你是不是比较低等的吸血鬼？”

未来的脸上马上就有了兴致盎然的神采：“嗯？你是怎么猜出来的？”

“会被那种一下就被安眠药迷倒的吸血鬼迷囚禁，看起来也不怎么凶狠，无家可归……还，还一点儿不在乎床铺底下的灰尘和虫子。”温格努力思索着证据。

“哈哈哈……”未来爆发出一阵惊天动地的笑声。这次，不仅仅他整个人因笑而颤动，温格感觉到自己床铺的木板也在震动。

温格呆住。回过神后她急忙捂住未来的嘴巴，害怕他的笑声传到她父母的耳中。吸血鬼的嘴唇也是冰冷的，让她手心一颤。

温格注视着那双恢复到原先安静模样的银灰色眼睛。时至今日，她若不慎，还是会受到迷惑，沉溺于那双银灰色的眼睛中，就如渺小的行星迷失于银河系的浩瀚。她愣了愣，然后在唇边竖起一根指头，提醒未来要小声。未来眯起眼睛，轻轻点头，温格才松开手。

"抱歉，我反应太剧烈了。"未来诚心道歉，"被人一眼看穿还是头一次呢。但我已极力伪装，难道我看起来不尊贵，不优雅吗？"

"不，我不是这个意思……"温格拉扯着头发，绞尽脑汁地想词，"你很尊贵、很优雅，就是……"

"就是？"

"就是有点儿……"

"有点儿？"

这下，温格再笨也知道未来就是想看她冥思苦想的样子，刻意学她说话，只因有意刁难，于是撅了撅嘴，转了话题："真的，你为什么会被囚禁呢？"

"我当时受了很重的伤，尚未进食，自然劣势重重。"

"你不是说不吃饭没多大关系吗？"

"不影响健康，但影响战斗力。"

"原来如此。不过像你这样的吸血鬼，吃饱了就能打败有奇怪面具的疯狂女人吗？"温格依然对未来的力量表示高度怀疑，"说起来，你才三百岁哦?你说你是刚成年的吸血鬼。那，万一遇到强大的敌人，该怎么办？"说完这句话，蹲在未来身边的温格就用无限悲悯的眼神看着未来，仿佛是在看从鸟巢上掉下来的雏鸟。

"你，在担心我？"未来笑了笑，嗓音柔和，如管风琴般华美。

这样的声音，怎会不优雅，不尊贵？然而有着如此清亮声线的人，却会用干净修长的手去捏蟑螂。吸血鬼，真是一种奇特的生物。

"你明天一个人离开，真的不会出事吗？"

"我会小心的。"未来说，"你先睡觉吧。"

"哦。晚安，未来。"温格应了一声，虽然睡意全无，但还是爬上床去。

2

一小时后——

“哪，未来，你睡着没有？”温格小心翼翼地在床上侧着身问。

“没有，但是你怎么还没睡？”床下传来深深的叹息，“我听见，你在床上不停翻身。”

“嘿嘿，对不起，今晚真让人兴奋……我有些失眠。那个，我忽然想到，吸血鬼是夜行生物对不对？所以你是白天睡觉，晚上活动对不对？”

“我是吸血鬼中的‘夜猫子’，所以我也和人类一样，晚上睡觉。”未来的声音中有一抹难以掩饰的困倦。

“是吗？那我打扰到你了噢。”温格有些失望，盯着天花板开始数绵羊。当她数到第三十九只绵羊，有些昏昏欲睡的时候，床下却又忽然冒出了声音。

“温格，其实，我来自未来。”

温格的眼睛缓缓睁大，对着一片黑暗一眨不眨。

“啊？”过了三秒，她说。

“我想了想，还是决定告诉你。”未来用平静优美的声音继续道，“我来自31世纪，是未来的吸血鬼。”

当真鬼如其名。

温格换了一个姿势，趴在床上，嘴贴着木板，一脸的不相信：“那你是怎么来到这个世界的，靠使用超能力？”

“不，是坐时空机。”

“那么老土？你就不能用点儿新奇的方式穿越过来？你可是吸血鬼啊。”

未来有那么一瞬间什么话都不想说了。

“但是，这真的很难让人相信……你的机器呢？”

“在即将着陆的时候原因不明地爆炸了。这种事故，以前都没有过。因此，我才受了伤，让那个碰巧遇上我的疯女人，有机可乘。”

“那你不是回不去了？”

“或许是这样。”

“你是在骗我吧，听起来你一点儿不害怕。”不过好像未来一直都是这个样子，稳如泰山，无论发生什么都无法激起这只已经三百岁的吸血鬼的情绪波动。

“我不是第一次进行时空穿梭，而且，比这可怕的事，我也遇到过。”未来道。

“比这可怕的事？”

“温格，在你这个时代的吸血鬼，数量稀少。31世纪的吸血鬼数量堪比那时的人类数量，彼此之间相处得也不融洽，战争频频爆发。死在故土上还是迷失在时空里，有时候，真的十分难以抉择。”

温格沉默。一只超凡脱俗、对任何事都抱着无所谓态度的吸血鬼忽然说出这番颇有哲理的话，还真让人不适应。

“我要睡了，温格。如果下次有机会，我一定给你带来自31世纪的礼物。”

机会？恐怕是没有吧？未来不是说明天就要走吗？虽然不知道他要走到哪里去……而且他的时空机又该怎么办？

温格满腹疑问，然而让她睡意全无的罪魁祸首已经心安理得地进入梦乡。温格只好在一片黑暗中，继续盯着天花板沉思。

31世纪，那是什么样的呢？

一千年以后……

其实温格刚才很想问，31世纪的人类是什么样子的。

但是未来睡着了。

未来的确很累了吧。时空机爆炸了，又被疯狂迷恋吸血鬼的焦糖夫人囚禁，还饿着肚子。不论出于何种理由，都不该残忍地打扰他的睡眠。他纵然不是人类，也一定有体力上的极限。

只可惜，明天他就要走了。

好多好多想问的东西，大概都会像是故事书后一连串的省略号，引人进入无穷尽的幻想空间，却不再有任何明确的答案。

然而无论如何，遇到未来，已经是一个巨大的惊喜了。

或许，不该奢求太多。

温格想着想着，也就笑了。

即便是周六，温格也醒得很早。当第一缕阳光打在她的脸上时，她就有了知觉，并迅速坐起身。

四周静悄悄的。

未来……大概已经走了。

一切都像一场梦。

温格穿着小兔子拖鞋来到窗户边上，伸手“刷”地拉开窗帘，登时，温暖的阳光便洒入屋内。温格伸一个懒腰，露出饱满的微笑。

真好啊，新的一天又开始了。

一声清晰可闻的闷哼传来。

一个黑色的纤长身影从床下狼狈地爬出来，以极快的速度，蜷缩到房间尚未被太阳光占据的一角。

温格扭头，未来，这只被她捡到家里的31世纪吸血鬼居然还没走。只见他略显慌乱地拨弄着面料特殊的立领风衣的领子和长长的银色头发盖住脸，双手也缩进袖口里，不露出半点儿皮肤。

“哦，我忘了，吸血鬼最怕太阳的照射和金属银的碰触。”温格急忙拉上窗帘。

阳光从少女粉色的房间内迅速撤离，蜷成一团的未来如获大赦般立刻伸展了修长的肢体，轻呼一口气。

“不过说吸血鬼惧怕太阳和金属银的，都是现在的故事书及一些传说。”温格近距离地打量未来，歪着头思索，“难道31世纪的吸血鬼就没有强一点儿吗？”

未来的眼神有些微无奈，“抱歉，让你失望了，31世纪的吸血鬼，的确没能长出三头六臂。”

“不过，会操纵时空机就胜过一切了。”温格对未来露出一个在她看来无比安慰人心的微笑，“早安，吸血鬼先生，我以为一睁眼你就会不见。”

其实，在早上看见未来，温格十分开心。这是一份隐秘的喜悦，难以形容。

“我还是较为偏向于打一声招呼再走。”未来站起身，然后微笑。

温格心中的喜悦瞬间就被一股强烈到连她自己都为之诧异的忧伤冲散。无论早上见到，还是未见到，分别迟早要来。

温格看着未来抚平风衣上的褶皱，优雅如整理翅羽的天鹅。

平静依旧，俊美而遥远。伫立在她的房间中，如梦似幻的，是一只吸血鬼。

她看着他，难掩眼中的不舍。而她知道，三百年的时间，一定让未来看惯了任何离别，而他们这样的萍水相逢，根本不足挂齿。

所以，就当是场梦。

一阵清脆的门铃声忽然响起。

“温格，外面有人按门铃，是不是又是你的快递？”是妈妈明显带着睡意的声音。

最近因为温格的事，温家父母可是费尽心思，女儿回家了，怎有双休日不睡懒觉的道理？温格想着，就觉得愧疚万分。

“我这几天也没可能订东西啊。”温格嘀咕着，匆忙穿上衣服，便将未来搁在房间里，走向门口。

“是谁？”温格在门内脆生生地喊。

“请问，这里是温格小姐的家吗？”一个清澈的男性声音传来。

温格奇怪。是认识自己的人吗？

这声音听起来很成熟，但是，温格不觉得她听过这个声音啊。

疑惑间，温格开了门。

面前是一个好看到无法形容的男人。温格一阵晕眩，差点儿瘫倒在门框边，为什么最近漂亮的人总是频繁出现在她的世界里呢？这接二连三的刺激，会让她一个乐观向上的活力少女也深感自卑啊。

只见来找自己的成年男性穿着得体修身的西装，腕间戴着银表。他有亚洲人的肤色及发色，但是身高和面部轮廓的立体感明显高出平均水平许多。印刻在那完美面孔上的，是过于冷漠的表情，看起来，极是难以亲近。

他俊美而冰冷，就像一件艺术品。温格无力抚额。那么这次遇到的会是吸血鬼吗？31世纪的人吗？疯狂的吸血鬼崇拜者吗？如果是梦的话，但愿不是个噩梦吧。

“这个书包是你的，对吧？”男人用一根手指挑着一只书包，将之送到温格眼前，一下将温格从想象中打回现实。

温格木然问：“我的书包，你是在哪里找到的？”

“一个垃圾桶里。”

焦糖夫人真是……太不爱护东西了。

“那还有没有找到照相机……还有，自行车？”

“那种东西大概会被变卖吧。”

也对。不过找到书包也算不幸中的万幸了。温格真想哭，还要拜托刘苏苏包好漂亮的封皮呢！失而复得真是件大快人心的事。

但是且慢……面前这个男人好像很了解事态的样子？

温格后知后觉地疑惑，向心心念念的书包伸出双手，而面前的男人一勾手指，轻而易举将书包抬高至温格无法够到的高度。

“一物换一物，请把殿下交出来。”男人无瑕的面孔依然冷硬无比，他伸出另一只手，示意温格给他他想要的东西。

“‘垫下’？你说的垫下是哪一物？我怎么从来没听说过？”温格一时间没有回过神来。

“请不要装傻，我的嗅觉从来没有出过错，我确定殿下就在你这里。”

温格还未回答，男人已推开她，以常人难以想象的速度闯入门来，直直冲进温格的房间。

“喂……”温格接过男人抛过来的书包，也跟着跑进屋里。

“殿下，可不可以解释一下您为什么会在这里？您是和人类的小鬼私定终身了吗？”男人双手环胸，如同一枚坚硬的钉子直直插在温格温馨的小屋里。他冷冰冰的一张脸和满屋子的粉红色调格格不人。

原来这个冷峻的成熟男人，也是和未来有关系的啊。温格抱着书包，站在门口默默旁观。然而未来微笑着坐在地板上，从容依旧，“如你所见，她还是个成长期的小鬼，我怎么可能做那么荒唐的事？”

“殿下，难道非荒唐事不做不是您为人处事的一贯准则吗？能告诉我您无缘无故逗留在普通人类家里的缘由吗？而且，是像您这样一位素食吸血鬼。”男人自始至终都没露出丝毫表情，无起伏的声音仿佛由机器录制。然而温格还是在那越来越快的语速中感觉到了男人强行压制的怒火，他简直就要跨越忍耐力的临界值了。

“太失礼了，难道我就必须住在养鸭场里吗？你这是对我等素食吸血鬼的侮辱。”未来像是完全没有感觉到男人身上简直就要喷薄而出的怒焰。

“如果这样也算侮辱，满世界寻找您却被不屑一顾的我又该是被侮辱了几千几万次了呢？”

“真的是几千几万次吗？”未来轻轻叹息，“好吧，那还真是抱歉。被侮辱那么多次，对你来说一定是不小的打击。”

“殿下，请告诉我您为什么会在这里。”

“这个问题好像你刚刚就问过我。”

“没错，但是您没回答我。”

“饿得太久有点儿虚弱，脑袋不太好用。”未来就轻轻敲了一下自己的脑袋，做痛苦沉思的表情，“我的时空机爆炸了，结果被一个自称焦糖夫人的怪女人捉住，等了好几天你都没来救我。幸好，你身后那位善良的小姐帮了我，然后，我就住进她家了。”

“好吧，殿下，但愿您不需我再次重申，擅自住进陌生人类家里是极不应该的，尤其是，像您这种身份的人。”男人这个时候才转过身来看站在自己房间门口却一直插不上话的温格，温格也看着他。

原来如此，不论面前这个男人到底是什么来头，他是未来的同伴。难怪未来在鬼屋都一副无所谓的样子，他也是有帮手的。

“我刚打算去找你，你就来了。不过我希望你帮忙查一下这两副面具的来头。”未来递上藏在风衣里的威尼斯面具。温格想那风衣反面一定有只大口袋，类似哆啦A梦那种。

“殿下，那现在，您是否准备好跟我一起走了呢？”接过面具后，男人硬邦邦地问。

“嗯，基本上。”

“这个是伯爵要我带给您的帽子，我想，外面阳光灿烂，您刚好能用来遮脸。”男人的手里一直捧着一个咖啡色的大盒子，这时他打开盒子，出现在眼前的是一顶帽檐巨大的高礼帽。

未来捧起帽子，细长的银灰色眼睛像慵懒舒适的猫一样眯起来，窄薄的唇间发出一声满足的喟叹，“啊，是我最喜欢的帽子。”

未来将那顶崭新的帽子扣在数夜饱受灰尘洗礼的银色长发上，有那么些迫不及待。一瞬间，未来像极了来自19世纪的英国绅士。

“很适合你。”温格由衷道。

未来点头，表示接受赞美，顺便对着温格一指身边的男人，“温格，他叫阿基德，是21世纪负责接待我的人，我现在就要跟他走了。”

温格心领神会，到底，该来的还是要来的。

这，就是分别了吧。

一场奇幻旅程的终结。

和未来在一起短短几天，每分每秒都像在坐过山车，大起大落，险象环生。然而，是过山车，就有靠站的时候。

掩饰住心底的淡淡忧伤，温格还是露出灿烂的笑容，转向阿基德，“你好，初次见面，未来就转交给你啦。”

阿基德微微点了点头，面色依然冷峻。

“这么说，早有人在等待着接你，安排你的住处，以及……可口的鸭子。”温格又看向未来，这次，她终于理清思路，露出惊异的表情，“阿基德居然称呼你为殿下，难道，你是31世纪的王子？”

未来的手指轻轻碰了碰帽檐，微笑着抬起银灰色的眼睛：“如假包换。”

“但……但是……”温格一时间脸憋得通红。

这是真的吗？

她居然劳烦一位王子帮她捏蟑螂？这……

如果可以选择的话，她非常乐意选择相信未来不是真正的王子，或者是角色扮演什么的……

但是他之所以一直都能镇静自若，就是因为他知道会有人来救他的吧。如果是王子的话，一定会有大批的仆人官员等待着来满足他的需求吧！所以说，一贯从容的人，一定是因为有从容的资本！

未来的身上，的确有股常人难以拥有的尊贵。尤其是他扶着扶手走下楼梯的样子，温格记忆犹新。

一位货真价实的王子。

原来焦糖夫人运气好到不仅仅撞见一只落难的吸血鬼，还是一只吸血鬼王子？温格无法自震惊中迅速回过神来。

“殿下，伯爵还在等您，我们先出发吧。”阿基德催促道。

还有伯爵？噢，真让人难以置信啊。仿佛古老传说就在面前上演。

“温格。我走了。”未来好听的、若管风琴一般的声音将默默出神的温格唤了回来，“关于我的身份，希望你保密。”

然后，是一阵低笑。

温格扭头，她的房间里除了她，便没有任何人，只有笑声还回荡在她的耳畔。

吸血鬼的移动能力，总是这样惊人。

风从窗户外吹进来，卷起窗帘。

戴着银色面具的未来，在二楼与她聊天的未来，能在天花板与栏杆间舞蹈的未来，深夜在她床下讲故事的未来……

相处快一个星期，温格仍然感到，那一幕幕鲜活的画面在脑海中翻飞着，居然让她的眼眶有些湿润。梦境太美，引人沉醉。

“温格，刚才敲门的是谁？”已从床上爬起来的温妈妈穿戴完毕，在房门外问女儿。

“找错人了。”温格轻声说。

那么，再见了，未来。祝你一切都好。

3

星期天。

忽然消失的未来就像忽然消失的相机一样让人心神不宁。

温格完全没办法回复到鬼屋冒险之前的平和心境上去。她咬着笔在书桌前烦躁地揉搓着一头短毛，盯着面前空白的稿纸久久无法落笔。该补的作业通过电话骚扰天才沈已经差不多补齐了，那么，就剩下校园小报的报道。

相机丢了。没有照片的话，到底该如何写呢?

温格觉得，自己完全不想写。

关于鬼屋和焦糖夫人……总感觉，一拿起笔就想骂人。

而且，如果想要保密未来的事的话，关于鬼屋的稿子写起来难度也会相当大。最终，温格只在稿纸上草草落下几个字：校园旁的鬼屋有骗子绑架犯，请勿入内。

唔，这最多只能算是一则通知。

温格无奈搁笔，扛着家里另一架像素不高的卡片相机出门寻找新素材去了。

在小区附近转了一圈又一圈，温格深深了解到素材这种东西，是可遇而不可求的。再用心寻找，没有就是没有。

温格坐在花坛上休息，用双腿架住相机，对着天空发呆。

漂亮的晚霞就像不死鸟的尾羽般灿烂。

补作业补了一个白天啊。温格如此感叹。

明天就是星期一，还有一些不会的题目，需要继续请教沈铭溪呢。今天打了两个小时的电话，班长大人好像已经处在崩溃边缘了。

“啪啦嗒”。

清脆的响声自不远处传来。

温格抬起头，循声望去，是一位细瘦的少年。

少年穿着比他骨架大出许多的连帽外套，那外套穿在他身上，就如同是套在竹竿上的塑料袋，大风吹过，还有呼呼的声响发出。

天气已然转凉，但他仍然穿一条刚过膝盖的中裤，将两条纤细的小腿暴露在空气中。宽大的衣服旧迹斑斑，却无法阻止少年的目光盛满桀骜。

少年像是一只穿梭在街头巷尾的猫，大大的眼睛里透着戒备与敌意。这样的孩子一看就知道不爱与人亲近，他更喜欢凡事都靠自己，因他的世界，只有自己最可靠。

此时，少年硕大的衣袋里被花花绿绿的食品包装袋塞得满满当当，他的一只手里也充斥着食物。见温格在看自己，他不那么愉快的视线便也停在了她的身上，然后，轻若浮云地飘开。

他放下怀中的滑板，踏上去。刚才的声响，就是这只一直以来都陪伴着少年的滑板发出的。少年娴熟蹬地，没过多久就滑远了，宽大的外套飞舞起来，身影在温格的视线中慢慢变小。

温格不得不承认，踏着滑板远去的少年英姿飒爽。因为他，温格一度想学习滑板，想变得如他一般帅气。

是的，这不是温格第一次见到少年了。

可以说，少年在这一带可谓家喻户晓。少年对于这里的居民来说，在某种程度上，是比越来越多的野猫更麻烦的生物。

温格不知道那少年是否觉得她脸熟。但是温格早就听邻居们提到过，那个滑板少年，名叫昭拾。

一个灵巧地穿梭于楼与路之间的小精灵，他的名字，叫昭拾。

“温格，你回来了啊，前几天你爸妈一直在找你呢。”一位买菜回家的邻居刚好看见温格坐在花坛边，便打招呼道。

温格笑着挠了挠脑袋。失踪这件事，她还真有些心虚。真实情况，她隐瞒了父母，因为未来，她不得不这样做。

“你刚才也看见了吧，那个名叫昭拾的男孩。”邻居不无忧虑地说。

“嗯。”

“真是可怜的孩子，听说和他一直生活的李婆婆最近也是重病在身……情况不那么乐观。看见昭拾还那么有活力，真是太好了。”邻居苦笑。

“那，他还和以前一样吗？”温格顿了顿，理了一遍自己要说的话，“还和以前一样，随便拿……人家的东西吗？”

“嗯。刚才路过的时候，听到门口杂货店的老板娘骂骂咧咧的，大概昭拾刚刚又去偷过东西了吧。唉，这孩子在李婆婆还健康的时候都有这不良癖好，现在李婆婆躺在床上，他当然就更无拘无束了。”

“或许，可以举办一次捐款……”

“这种事以前也做过啊，但是有什么起色吗？根本就是治标不治本啊。毕竟再怎样捐款，都无法代替父母及亲人吧。最重要的，却是我们无法帮助那孩子去得到的。唉，现在昭拾已经十四岁了吧……和你一样大了呢。真希望他能好好的。”邻居与温格说了再见，便拎着菜回家了。

温格看了看天，在花坛上坐了一会儿，便也踏上回家的路，自然是空手而归。

少年昭拾。

温格望着方才昭拾消失的方向，心中泛起淡淡的惆怅。

这几年，昭拾踩着滑板的身影总时不时出现在临近的几个小区内。他会趁着一些小商店老板不注意的时候，偷偷拿走些什么。他是只让人头痛的精灵，神出鬼没，灵敏异常，无论老板们再如何防范，也还是会失守。

所以说起少年昭拾，大家的反应皆是极度一致地苦笑着摇头。

昭拾没有父母，还在襁褓时便被遗弃街头，是裁缝店的李婆婆捡他回家的。李婆婆是靠卖手艺赚生活费，一天修补那么几件衣服，维持她和昭拾的生活。如此拮据的状况，或许是昭拾不得不进行偷窃的原因，而他偷得也不多，基本上都是食品一类。善良的邻居们都希望有朝一日昭拾会变成一个彻底的好孩子。据说，昭拾在学校里功课并不差，他也有要强的时候，只是偶尔会一连翘掉好几天课，谁都找不到他。

这样的孩子需要一些指引，以及曙光。但这些什么时候才能降临到昭拾的头上呢？

4

星期一，温格再次冲刺跑进教室，“咚”地坐上座位，使得后面沈铭溪的课桌跟着幅度不小地震了震。沈铭溪自题库中抬起眼睛，一推眼镜，在铃声中露出无奈的表情。

晨读声起。不少同学用书本掩着嘴扭转过身问温格为何失踪那么多天，温格趴在书桌上，有气无力地应付着。

“喂，小幽灵，你怎么无精打采的？”后排的沈铭溪踹了踹温格的椅子，“该不会是被吸血鬼吸了血吧？”

然而沈铭溪的毒舌却并未能如往常一般刺激到温格。温格依然趴在桌子上，声音虚无缥缈，“吸血鬼未来……他已经离开我家了。”

就连她自己也未料到，未来走后，她居然可以一蹶不振到现在，一直没有找到好素材，让她的心情雪上加霜。

“要我说，这一定是好事，我实在不觉得一只吸血鬼住在你家里有什么好处。”见温格这样，沈铭溪自然没了讽刺的心情，“还有啊，鬼屋算是彻底关门歇业了，我特地去看，发现它最近都未开门，还有个转让的标牌挂在门上。”

“嗯。”温格想到那天，班长大人扛着重型工具来救她的样子，叱咤风云，如钢铁侠一般，情不自禁就露出些微笑来，“真是感激你。”

“不过话说回来，如果你想报道鬼屋的话，点到即止吧，勾起太多人对鬼屋的好奇，也不是好事。”

“我知道，我会拿捏分寸的。”温格点头，继续趴在课桌上。

一旁的刘苏苏嘴角浮起淑女牌柔美的笑容：“温格，表哥把你们惊心动魄的出逃经历全告诉我了，我好羡慕哦，可惜我没这个胆量参与你们的冒险。”

“哪，吸血鬼的事，别说出去哦，他要我保密的。”

“那是自然，表哥说了，这是我们三个人之间的秘密。”

然而即便这么说，温格还是觉得有哪里不太对，但又说不出来……

关于未来的事情，总觉得，有哪里不太对劲。就好像，一本做工精美的图书，中间却缺失了一页，有些不连贯。

下课，温格打一个哈欠正打算闭目养神，一抬头，却发现江娜娜站在自己课桌前，一副欲言又止的样子。

江娜娜，初二（6）班公认的才女，极具艺术细胞，擅长跳舞及表演，外形也十分甜美，学校的文艺会演，总少不了她的身影。

沈铭溪与江娜娜搭档过不少次，因此，看见她来到温格座位前，便主动打招呼道："江娜娜，你有什么事居然来找温格？"声音格外亲昵。温格忍不住白了沈铭溪一眼。同样是和人说话，怎么他对江娜娜说话的语气，和对自己就那么不同呢？

不过温格也不知道江娜娜忽然来到自己面前是为了什么。

江娜娜对沈铭溪笑了笑，然后拉住温格的胳膊说："我有事和你说，能不能出去一下？"

温格颇感莫名其妙，却还是站起身，跟着江娜娜出去了。

走廊里，间或有学生行色匆匆地路过。温格面对着江娜娜靠在栏杆上，有那么点儿心不在焉。

"温格，我知道你是校园小报的记者……我想，或许你的消息比较灵通一些。"江娜娜的眼神闪烁不定，"你大概听说过，最近莎乐美舞团来本市巡演。那是一个颇有名气的舞团，来巡演《天鹅湖》。我约我的小学同学艾兰一起前去观看。但是你知道吗？演出结束后，艾兰去了一趟洗手间，然后，我就找不到艾兰了。她失踪了。"

江娜娜最后说的四个字，登时将温格拉出神游状态。

"失踪？"温格重复着这两个字。离奇事件成功激活温格的工作细胞，原本靠着栏杆的温格迅速立起了身子，仿佛士兵听见哨声。

"对，是失踪。"江娜娜用力点头，凝重的神情更不像是在开玩笑，"我怎么找都找不到她。艾兰的父母也都很着急……"

"你找过莎乐美的负责人吗？"

"找过的。一开始，他们还很配合，但是慢慢地，他们也不乐意看见我们了。说什么观众失踪不关他们的事。"

"真是太差劲了。"与生俱来的正义感让温格颇为愤慨，然而她挠了挠头，还是万分抱歉地看着焦虑的江娜娜，"其实，我能做的也很有限。莎乐美舞团……我还真没听说过。这样吧，我帮你在校园小报上贴一则寻人启事，你有艾兰的照片吗？或许，叶南初中的其他学生能提供什么有用的线索。”

江娜娜于是感激地将艾兰的照片交给了温格。那是一个梳着马尾辫、朝气蓬勃的女孩子。

“温格，你相信有吸血鬼存在吗？”江娜娜突兀的提问让温格的心为之一震。

“什么？”温格慌乱起来，怀疑自己听错了。

“温格……我不知该怎么说……”江娜娜紧紧握住温格的手，就像抓着一根救命稻草，语无伦次起来，“我知道……像我这样，过分沉迷于吸血鬼小说是不对的。但是我觉得莎乐美舞团里，那个演王子的人，皮肤很苍白，很英俊，看起来真的很像故事书里的吸血鬼……”

“所以，你觉得，很可能是莎乐美舞团里的王子，让艾兰失踪，目的是吸她的血之类的？”温格毫无障碍地接上江娜娜的话。

江娜娜连连点头。

“我总觉得……这有点儿荒谬，应该不会啦。”温格条件反射似的摆了摆手，随即露出一个僵硬的笑容，毫无安慰作用。

放学后，温格心烦意乱地乘着公交车一路堵回家。

因为丢了自行车，所以原本仅需十五分钟的路程，硬是扩充成了三十分钟。

温格极为懊丧，幸好鬼屋倒闭了，多少给她了一些心理安慰。

不过话说回来，最近关于吸血鬼的事件，怎么就那么多呢？

鬼屋那一次，温格多少是期待遇到吸血鬼的。但江娜娜说的事，她非常不期待是吸血鬼所为。

鬼屋，芭蕾舞团。温格绞尽脑汁也想不出其中的联系。

或许，未来会知道其中的缘由，但是那位神出鬼没的银发王子，现在又是在哪里呢……

温格轻叹一口气。

但愿艾兰能够平安，一切，只是虚惊一场。

傍晚，温格吃完饭打开晚报，赫然发现一则醒目新闻——《莎乐美舞团三位观众去向不明，且均为未成年少女》，标题后，是醒目的三个感叹号。

好像，有什么发生了。

记者敏锐的洞察力使得温格脑内的神经都跟着震颤起来。

温格急忙往下读。

莎乐美芭蕾舞团在温格所在的城市里演出舞剧《天鹅湖》已经四天，这四天中，陆续失踪了三位前来观看演出的未成年少女，而毫无疑问，艾兰就是其中一位。她们皆与同伴一同前往，在舞剧结束后，抑或失踪在洗手间，抑或失踪在人流中。而明天，就是莎乐美在本市的最后一场演出。

温格自书包中翻出艾兰的照片细细打量。

她想，她的记者专用装又要派上用场了。

5

不知是否是新闻报道的双重效应，最后一天前来观看莎乐美舞团演出的观众十分之多。

温格及沈铭溪坐在最后一排。

没办法，票买得太迟，位子自然不好。

听闻这次温格与表哥的行动是暗访有绑架犯嫌疑的舞团王子，淑女刘苏苏自然就没跟来。为了补偿自己，她决定在家里看芭蕾舞的DVD（数字激光视盘）。

“你听好，沈铭溪，为了使本次行动顺利进行，我们来确定几个手势。比如，竖起食指和中指，代表行动结束，竖起一个大拇指，代表我需要单独行动，竖起食指往前弯曲，代表我找到目标……”人潮汹涌间，压低贝雷帽、挂着相机的温格一脸严肃地与沈铭溪探讨行动计划。

沈铭溪则一副不耐烦的样子：“你那是什么劣质暗号，太容易被识破了。”

“我又不是特工，我能想出多复杂的啊。”温格嚷嚷，“刚才我说的手势，你快点记住啊！”

“记住了记住了。”沈铭溪无奈，顺带扫一眼身边装满防身工具的工具箱。虽说这场芭蕾舞剧是温格请他来看的，但他还是有种吃了大亏的感觉。

“温格，是不是每个校园小报的记者都像你这样神神道道的？”沈铭溪忽然问。

温格没理他。

剧院中辉煌的壁灯熄灭，舞剧《天鹅湖》正式开始。

在柴可夫斯基优美的乐曲声中，舞团演员舒展纤细的肢体开始忘情地表演。芭蕾舞鞋在大跳后落至木质地板所发出的砰砰声与交响乐融为一体，扣人心弦。白天鹅的脆弱娇小与黑天鹅的张狂妩媚形成鲜明对比，那是两种截然相反的美，观众看得如痴如醉。

然而温格自始至终看得最仔细的，还是王子。与天鹅公主相恋的，人类王子。

扮演王子的是一位名为李奇的年轻男子，他英俊非凡，舞技出众，然而在舞台灯光下，并不能判定他的皮肤到底有多苍白。温格想到未来，心中百感交集。

没错，判断李奇是不是吸血鬼的方法就只有……

如果他是，那么，三位少女失踪之谜或许就能迎刃而解了。

温格静静地看着舞剧，心中却似万马奔腾。她握紧了拳头。一旁昏昏欲睡的沈铭溪仿佛感到了温格体内躁动的气流，苏醒过来，睡意全无。

好不容易挨到舞剧结束，温格拽住沈铭溪跟着一群狂热粉丝向后台拥去。

李奇的化妆间前挤满了前来索要签名的女粉丝。

温格思索一番，向沈铭溪要来一把银质小刀，然后做了一个要单独行动的手势，一头扎进队伍里等待签名，沈铭溪弄不懂她的想法，只好在附近转悠等待温格的再次呼唤。

温格手心冰凉地握着签名板。

判断李奇是否是吸血鬼的方法，即是趁他签名的时候，碰触他的手指。如果他的皮肤是如大理石一般冰冷的，那他，毫无疑问就是吸血鬼。机会并不多，要善于把握。而银质小刀，毫无疑问是用来防身的，以防万一。

等了半个小时，终于轮到温格领签名。但愿这次不会像鬼屋之行那般失败。温格想好各种用以应对突发状况的对策后，深吸一口气，面露灿烂微笑，走进舞台红人的化妆间。

“李奇先生，你扮演的王子真是棒极了。”温格一边说，一边递上签名板，动作连贯自然。这样，只要找机会碰一下他的手指……

李奇的脸上是一成不变的官方微笑，魅力无限而不见丝毫破绽。他的面部皮肤上仍残留着化妆品的痕迹，温格很难分辨出他真实的肤色。

李奇并没有直接接过温格递上前的签名板，而是在化妆台上搜寻一番，然后向温格投来带有歉意的视线，“抱歉，我的笔刚没了墨水，暂时也找不着备用的，请问，你有笔吗？”

“笔？啊，哦，有。”这个突发的小状况倒是在意料之外，不过好解决，好解决。温格一面在心中安抚自己，一面匆忙在马甲上的八只口袋里翻找签字笔。

李奇不禁“扑哧”一笑：“小姑娘，你的口袋还真多。”

温格一慌神，一张卡片状物体便飞出口袋，慢悠悠地晃到地上。温格与李奇一同低头去看。

刹那间，温格的脊背盈满冷汗。

那不是别的，正是艾兰的照片。

一架战斗机驶过脑海，落下一阵轰鸣。温格强忍住剧烈的晕眩感，默不作声地去看李奇。李奇的表情明显不怎么对劲了，他紧盯着照片，不发一语。

气氛变得异常诡异。

温格害怕起来，立刻蹲下身去捡拾照片，本能地想要将自己的失误尽数抹去。而与此同时，李奇忽然用力抓住温格的胳膊，用高亢的声音问道："喂，你就是焦糖夫人对吗？"

温格一时间震惊得说不出话来。

这是什么状况？

为什么会从一位芭蕾舞名演员的嘴里听到焦糖夫人的名字？而且，还是如此兴奋的语调？

温格握着照片僵硬回头，只见李奇的眼中藏有某种异样的光亮，那是和焦糖夫人别无二致的疯狂。

温格情不自禁就将另一只手护在胸前。然后，她摸到了自己脖颈间的冰冷物体。

噢，她记起来了。闲来无事，她在风波过后戴上了自鬼屋中捡到的荆棘五芒星项链。项链的原持有者，正是焦糖夫人。

难道就是因为这条项链，温格被李奇误认为是焦糖夫人了？李奇和焦糖夫人到底是什么关系？

"你一定是焦糖夫人。本市拥有荆棘会项链的人只有你一个，我绝不会认错。"李奇紧紧盯着温格胸前的项链，声音如此笃定。然而他拽着她的手，却是异常温热的。

李奇不是吸血鬼。

温格的大脑迅速运作起来。

在鬼屋中，她翻阅过焦糖夫人的私人藏书。荆棘会，是由一群吸血鬼迷建成的协会，最初目的只为加深同好之间的联系。随着协会的发展，如焦糖夫人那般道德尽失的极少数会员也混迹其中。

荆棘会的标志，即是缠绕荆棘的五芒星，成员时常佩戴缀有协会标志的饰物。

直觉告诉温格，这条项链，会引出一些不为人知的秘密。

于是她努力抑制住声音里的颤抖，故作镇定道：“没错，我就是焦糖夫人。”

6

“没想到，外号是焦糖夫人的你，真实年龄却那么小。”李奇上下打量温格，脸上写满惊奇。显然，他只听说过焦糖夫人的名号，却未见过焦糖夫人本尊。

“这么说……你也是荆棘会的？”温格试探着问。她被李奇看得有些不舒服。

“我不是。但我想，我对吸血鬼的热衷程度一点儿不输给你，尊贵的焦糖夫人，我关注荆棘会多时，当然，也关注你。”

温格还未来得及反应，就被李奇迅速拉出化妆间。

“跟我来，我有东西给你看。”李奇是如此用力，温格自然挣脱不了。她扭头去看沈铭溪，此时沈铭溪正在她视线可及之处漫无目的地闲逛，并没有发现她这边的异样。温格犹豫片刻，最终还是放弃呼叫沈铭溪的想法。或许，事情还没发展到需要外援的地步。

置门外诸多粉丝于不顾，李奇拉着温格快步穿过狭长的过道，走向禁止观众前往的另一边。

这是座颇有规模的剧院，过道纵横交错，极易让人迷失。

温格被带入一个看起来像是更衣室的房间，钉在天花板上的衣架悬挂满华丽炫目的戏服，一走进去，便会被衣摆刮到头发。

李奇拉开巨大衣橱的门，温格立刻就张大了嘴，惊讶得说不出话来。

那出现在眼前的，正是昏睡状态中的三位失踪少女！

艾兰，自然也在当中！

有位少女脸色明显不好，看起来，状况不怎么乐观。

“你把她们怎么了？”温格大声问道。

想不到失踪的少女们都被关在衣橱里！

“别担心，她们现在还好好的。”李奇再次关上衣橱门，姿态是那样从容，“焦糖夫人，你看，这三位少女，都是我为你准备的。”李奇故作神秘地说着，一点一点靠近温格，就像一条蓄势待发的响尾蛇。

温格一步步后退，难以置信地重复李奇的话：“为我准备的？”

“哦，不，确切地说，是为你手里的吸血鬼准备的。你之前不是说，你捕捉到一只吸血鬼吗？那时，你还大张旗鼓地四处宣扬，宣传单随处可见。正因为如此，我才极力说服舞团来这里演出，就是为了见你及你手里那只让你颇为自豪的吸血鬼。”

“但是见到了，又怎样？”李奇的笑容近在咫尺，却让温格越看越寒心。

温格算是大致了解了事情始末。

焦糖夫人，还真是阴魂不散啊。这次，又带来一桩麻烦。

李奇眯起眼睛，紧紧挨着贴在墙角的娇小的温格，全身散发出危险气息：“焦糖夫人，你是不是太单纯了？我过来见你，当然是要你转让手里的吸血鬼。你也看到了，我轻而易举就捉到了那三个小女孩，为吸血鬼提供食物根本不在话下。”

“你走火入魔了，李奇先生。”

李奇眼里疯狂的火焰却越燃越烈，“一句话，你愿意，还是不愿意？”

“但是……”但是，吸血鬼王子未来，是不吸人血的素食吸血鬼啊，而且更重要的是，他已经去了他该去的地方，连见面都不太可能，更别提“转让”。

然而还不等温格说完，李奇已经迫不及待地打了一个响指。巨大的衣橱后，走出三位手持利器的高壮男性。

“你若不同意，就只能来硬的了。”李奇狞笑。

温格大骇。她本以为一把用以自卫的银质小刀就已经足够，怎知，李奇早已布下一个幽深的陷阱，在他面前她的一切准备都显得那样微不足道。

事态发展过于奇诡，远远超出她的预期。早知如此，就该在走出化妆间的那一刻向沈铭溪呼救的！

“你为什么要那么做？仅仅为了一只吸血鬼，就如此残害你的同类？”温格将小刀握于掌心，双腿都有些微的颤抖。

“你不也是一样吗，焦糖夫人？得到吸血鬼，就可以永生，谁会不想呢？”

“但是吸血鬼绝对不会让你这样的人成为他们的同伴的！”温格惊叫，“你迟早会为你的疯狂付出代价！”

“代价？哦，还是算了吧，等我变成吸血鬼，人类的法则，对我而言形同虚设。那么，在临死之前告诉我你的吸血鬼藏在哪里吧。不然，我会让你生不如死。”李奇英俊的面孔，此时如厉鬼般狠绝，他根本不把温格的劝诫放在眼里。

说话间，李奇及三位高壮男子，已向温格逼近。

形势急转直下。

难道，就要死在这里?

温格顾盼一番，心一横，用全身力气一头撞上挡住去路的李奇。李奇闷哼一声，捂住腹部，温格趁机摸到门把手用力一拉，幸运的是，门没有锁，温格夺路而逃。四位成年男子紧追其后。

阴森无人的过道就像迷宫，通向未知的彼岸。温格听见自己越来越急促的喘息，以及身后的脚步。

“救命！”温格大喊，却无人回应。

这里是豪华的大剧院，是李奇的世界，而温格却对这里一无所知。温格甚至都不知道李奇带她进入的更衣室是在什么地方，很快身陷纵横交错的过道而不知所措，只能孤注一掷地向前奔跑。

就在温格精疲力竭时，面前出现了一扇门。那是最后一扇门，挡住了她的去路。温格左右张望，确定别无他路，只得推门而入。

让人绝望的是，这只是个排练室，极是空旷，连躲避的地方都没有。

前后两面玻璃墙，皆映着温格惊慌无措的面孔。温格剧烈地喘息着，走到木质地板的中央，已清楚地认识到自己逃无可逃。她就像可怜的白天鹅公主，无助而孤独。

李奇和三位男子不费吹灰之力地进入。这次，李奇锁上了门，对着温格露出得意的微笑，仿佛，胜券在握。

温格悲哀地想到那三位昏睡中的少女，她算是无法救她们了。说不定，她的处境，会比她们还糟。

温格用最后的力气呼救，她大声叫喊沈铭溪的名字，而回应她的，只有李奇的大笑。

温格紧紧闭上眼，盈满冷汗的手心里紧握着小刀。

她不想死。

神啊，请帮帮我。

仿佛是为了印证温格的祈祷，刚锁上的门，“砰”的一声开了。

温格睁大双眼。

那不是普通的开门方式。

门板整个倾斜进排练室内，掉落在地板上，发出巨响，木屑飞扬起一阵轻薄的尘烟。

所有人皆目瞪口呆地望向门口。

一双黑靴从容踏入，长款风衣散开的衣摆，华美如同夜幕。

温格呆呆看着，不敢相信奇迹就此降临。

那极具标志性的银色长发，如绸缎般轻轻舞动，她永生难忘。

那是吸血鬼王子未来。

此时此刻，他就是极光，照亮她的宇宙。

“你，你是谁？”李奇盯着未来，凶恶的口吻却掩饰不了内心的惶恐。

银发的王子在高礼帽下露出极具风度的微笑：“我就是你要找的吸血鬼。”话音刚落，未来便轻起一脚，李奇修长的身体立刻被踹飞至对面的墙壁上，墙壁发出一声闷响。

“怪物！”三名高壮男子惊慌大叫，丢下手里的器械就向门口逃窜。未来笑了笑，一手一个将他们拽住，在他们双脚离地的同时又迅速将他们丢下，三位人高马大的成年男性，就这样陆续匍匐在纤瘦王子的脚下，不省人事。

未来眼中盛满神秘莫测的笑意，优雅地拍了拍手。

“你……”孤立无援的李奇蜷缩在墙边，像是被捉的蚂蚱一般慌乱地蹬着腿，竭力排斥着越走越近的未来。

“我不会杀你。”未来俯视李奇，目光威严，“但是你，活着和死了，已没有差别。”

说完这句话，未来便不再管被他吓得浑身发抖口不能言的李奇，而是转头看向温格，银灰色的眼睛里，是真切的关心。

“你还好吗？”王子倾下身来，柔声询问。

“我……不是在做梦吧。”温格面容恍惚，不敢相信眼前发生的一切，“你，是未来？”

未来点头，笑意更深：“坦白来说，我也不希望这是现实。你一个小女孩，怎么就能接二连三地陷入麻烦中去呢？”

未来毫无温度的手彬彬有礼地牵起温格。温格在未来的引领下走出了排练室，脚步轻浮，仿佛漫步云端。

他是一只吸血鬼，俊美冰冷，然而她就是愿意相信他。自一开始，就没有理由。潜意识里，她就是愿意被他牵着走向任何地方。

或许，在浩瀚的时空中，这就是可以被称作命运的东西。

“未来，你怎么会在这里？”

“处理后事。但愿在此之后，有关焦糖夫人的一切都得以终结。”未来如管风琴一般优美的声音在说，“那么温格，我有事先走，过几天见。”

温格错愕地回头，未来已无影无踪。而不知何时，她已离开了剧院迷宫一般的过道，驻足于人潮汹涌的大厅中。

不少医护人员、记者以及警员来往于身边，他们皆在为解救三位受困少女而忙碌。不知他们的出现，是否是未来所为。

有那么一瞬间，温格分辨不清现实与梦境，只静静伫立在人群中，任他人在耳边喧嚣。

她这才细细回味起未来的话，疑惑成股冒出心扉。

什么叫过几天见？

未来，还会再次出现吗？

真的真的，还能，再相见吗……

就在这时，沈铭溪在后面拍了温格一下，温格吓了一大跳。

“怎么回事？为什么眨眼间剧院就那么热闹了？”不知何时靠近的沈铭溪迷惘地问，“舞剧结束后，发生了什么特别的事吗？”

“我去要签名了……刚到这里，我什么都不知道。”温格低声说。为了掩饰心虚，她举起相机四处乱拍。

“我找你好久，你居然一个人跑到大厅里来。”抱怨归抱怨，沈铭溪照样是拿温格没辙。他见温格左顾右盼的，又问，“你在找什么人吗？”

“唔……”温格想了想，“你来大厅时，没看到我身边，有其他的什么……人吗？”

“没啊。怎么了？你到底是在找谁啊？”

“没，我才没在找谁。”

那么，刚才所发生的事，应是真实的吧。

每次遇到未来，总格外惊心动魄。

好在，都有惊无险。

第二天的报纸果然刊登了李奇被捕的新闻。李奇是半年前加入莎乐美舞团的，作为一位才华出众的后起之秀，他囚禁未成年少女的恶劣行为在舞蹈界引起轩然大波。

而神秘的吸血鬼同好会——荆棘会，则随着事件的平息，逐渐淡出温格的生活。

温格不禁就想，或许有朝一日，她还会在茫茫人海中见到戴着荆棘五芒星项链的人。

但愿，那是个正常人。

事已至此，温格便将那条五芒星项链封存进信封夹在书柜的最上层，小心保管起来。

代价。这并不是个想忽视就可以被忽视的词。它一直存在，在看似平静的生活底下，等待惩罚因贪欲而堕落的人。

三位受困少女成功获救，皆无大碍。艾兰在江娜娜的照顾下迅速痊愈。温格还特地去医院探望过康复中的艾兰。艾兰迷惑地问：“温格，我是不是以前就见过你？或者……是在睡梦中？”

江娜娜忍不住就嘲笑起好友来，倒是温格一脸认真地说：“或许，你的确在睡梦中见过我。”

第三章

·花园 欢乐号献血车·

1

温格想不明白未来说的过几天见究竟预示着什么。

究竟是以何种方式再次相见呢?

这几天温格一直活在一种不安的期待中。心中仿佛有千万只蚂蚁在爬来爬去，焦躁难耐。

平时掐表上课总是那样轻而易举，好像每一分每一秒，都在把握之中。然而未来的出现，完全打破了温格的时间观。

一晃眼就是一千年，远远超乎她的想象，就更别提把握了。

温格撰写的剧院报道在校园小报上刊登出来了，反响还不错，这多少带给在守望中的温格一丝安慰。

这天，温格照例在挤得死去活来的公交车里度过三十分钟后走到单元楼下。

好像……单元楼里有什么不一样了?

在楼下，就能闻到一股平时没有的素雅花香。

温格爬到自己家所在的三楼，一开门，就听到站在阳台上的温妈妈激动地大喊：“温格温格，你快来看，好美啊!”

温格放下书包就穿上拖鞋跑过去，只见对面的阳台上，鲜花盛开。

五彩缤纷的花卉密密层层地簇拥在一起，争奇斗艳。

与其说那是阳台，不如说是花海。无穷无尽的鲜亮色彩，排山倒海而来，更有甜蜜的芳香，飘逸到空气中。

这真是太奇怪了。

温格回头看妈妈，满脸问号，“我们隔壁的303室，不是一直出租着，却因价格太高而无人问津吗？怎么忽然就种上花了?”

“我也不知道，大概忽然间住进有钱人了吧。妈妈也是才下班，刚刚看到的。”温妈妈急忙回屋捧了一盒点心给温格，“快快快，去和新邻居打打招呼。我猜邻居一定是位园艺了得的太太，日后让她指点指点我。”

“这不好吧。人家说不定还忙着搬家，现在就去打招呼……”温格迟疑地望一眼温妈妈，她依然沉浸在花海中不能自拔。温格没办法，捧着点心就出去了。

不知道隔壁的新邻居是怎样的人呢？希望不是像焦糖夫人或李奇那样不可理喻的。

不过，他们俩也算是登峰造极了，一般人，还远远够不着那个境界。

温格清了清喉咙，然后尝试着露出一个乖巧的笑容。她也知道自己平时大大咧咧的，有可能不会给心灵手巧的新邻居留下多么美好的第一印象。

调整好笑容，温格按下门铃。

没过多久，门开了。

温格以为开门的绝对会是一位女性，咧嘴，抬头，一时间所有用来打招呼、套近乎的话语统统堵在了喉管内，温格像是被噎着了一般瞪大眼睛却不能发声。

没错，开门的不是别人，正是身形过于完美，完美到会让所有成年男性羡慕妒忌恨的……阿基德。

他依然面无表情，此时，正居高临下，用一双黑珍珠似的眼睛打量着温格，看不清思绪。

“阿……阿……”虽然记得这个名字的念法，但是温格还是因极度震惊而结巴了。

“哦，我记得你，你是殿下的小恩人。”阿基德的反应自然是敏锐的，一看到温格，就想起她是谁了。

“难道……未来也在里面？”温格猜测。

“是的。”

温格立刻就欢腾起来，登时感到前所未有的兴奋。她没有想到，几天后的相见，居然是以这样的方式。

吸血鬼王子未来，居然会成为她的邻居！

“但是，这里因为租金太高一直没有租出去啊，你们住进来，不是吃大亏了。”末了，温格又说，极力掩饰住心中的喜悦。

“钱不是问题，重要的是殿下喜欢。”

到底是王子，派头就是不一样。

“他可以这么随便住过来吗？”

“和负责接待他的人都打过招呼，殿下会住在这里，直至离开21世纪。”

“但是……未来为什么喜欢住在这里？”

阿基德无表情地打量温格一番，“不知道，或许他觉得当你的邻居会很有意思。”

“这样啊……”温格有些不好意思地挠了挠短发。

“你不进去看看吗？”阿基德问。

“当然要进去看了！”温格欢呼。

吸血鬼王子的小屋。

真让人期待啊。

跟随阿基德走进门去，温格才发现，屋子里的装潢简直独特到让人找不出形容词。书柜、桌椅全部都是纯天然的木板制成的，没有被上过油漆、刻过花纹，连镶在木板上的钉子脑袋都清晰可见。至于桌布、靠垫等，更是无迹可寻。温格暗想，这是不是复古过头了？简直能让人联想到远古时期。

这……就是31世纪吸血鬼的皇家审美观吗？

温格瞠目结舌。不得不说，这看起来的确很环保，很大自然。只不过，大概很少有正常人愿意住在这样的屋子里，至少21世纪是这个情况。

温格环顾整个小屋，立刻惊悚地瞥见角落里类似床的一张低矮木板。本来还想着能见到极具异国风情的华丽四柱床或是传说里吸血鬼最喜爱的棺材，没想到，出现在她面前的居然是一张木板。

31世纪的吸血鬼也太特别了。

跟从阿基德的指引，温格在书房里见到了屋子的主人。

此时未来将银发扎在脑后，显得格外帅气。他正坐在桌前书写着什么，头上依然戴着那顶高礼帽。

“未来，居然还能见到你！”温格冲上前去，之前练就的乖巧笑容甜美淑女风全被她抛之脑后。还有什么能比重新见到未来更让人开心的呢？然而半路中温格忽而发觉自己似乎太热情了，于是生生停在距离未来桌子一米不到的地方，涨红了脸支吾一番，却仍不知该说些什么。

“那个是什么？”未来放下笔，银灰色的眼睛望向温格手里的点心盒子。

“啊……啊……这个其实是……”温格窘迫，“唔，吸血鬼能吃人类做的点心吗？”

“不能。”未来回答得很干脆，“虽然我承认人类的点心精致诱人。”

温格心中颇为懊丧。早知道未来要来，她一定精心准备一份礼物，再如何，也总比送吸血鬼不能吃的点心强。

“那阿基德吃吗？”温格回头望向阿基德，声音有些悲凉。

“他更不能吃。他是机器人，靠柴油度日。”

“机器人？”温格轻声惊叫。

身形完美的阿基德居然不是人类也不是吸血鬼。这她倒是完全没有猜到。

“我还以为他最多和你一样是吸血鬼，没想到，他比你还不可思议。”温格又说。

“原来在你的心目中吸血鬼比机器人低等吗？”未来皱一下眉头，若有所思地垂下眼睑，“也是，我在你心目中是十分低等的吸血鬼。”他还记着温格无心说过的话。

“啊不不不不，你们都很高等，很高等。”温格急忙摆手说。剧院一事，算是彻底让她看清了未来的超凡实力。无论如何，他总归比普通人强太多太多。

未来笑了一下，站起身，将一张原木椅子拉到温格身后，“你不坐一下吗？”

“你这里好像都没有坐垫之类的东西。”温格坐下后环视四周。

“嗯，我讨厌柔软的东西。”

“你的床也不用垫子？”

“不用。”

“好吧。”温格竭力劝说自己不要对31世纪的王子大惊小怪，一千年所能带来的文化差异岂止一星半点儿？

“未来，你这几天，除了处理李奇的事，都干了些什么呢？”

“进食。”未来眯起眼睛，露出无比满足的神情。

“阿基德。”未来对阿基德做了一个彼此才懂的手势，阿基德迅速就从冰箱里拎出了四只硬邦邦的鸭子。

“这些吸干血的鸭子我不需要了，不过还很新鲜，你要不要带回家？”未来不确定地问温格。

温格的眉角抽搐一下，又抽搐一下。

这就是等于吃未来吃过的东西不是吗？但是，不拿好像又说不过去，让未来当垃圾一样处理掉的话，就太浪费了，回去让妈妈煲汤吧。

唔，感觉甚是微妙。

于是温格说："那么谢谢，请把这些鸭子给我吧。"阿基德便把鸭子给了温格。

温格看着手里的鸭子，那些鸭子连羽毛都未被除去，如果不是被冰箱冻得硬邦邦的话，会让人误以为它们是在沉睡。

温格抬头看了看未来，又低头看了看鸭子，目光中浮过一丝疑惑。

未来坐在宽大的原木书桌前，交错起修长的双腿，十指搭桥："怎么了？小姐，你的表情似乎不太好看。"

"我想象不出像你这样的绅士……啃咬鸭子的样子。"温格瓮声瓮气地回答。

未来又爆发出一阵响亮的笑声。温格迷惘了。

"你真是位有趣的小姐，不过我很荣幸能被你如此评价。"未来银灰色的眼睛看向温格，笑容诡谲神秘，有如星空，有一股引人沉醉的魅力。

"那个……你以后就和阿基德住在这里？"温格抵挡不住那双美丽眼睛的强压，慌张地转开视线。

未来点头："阿基德是21世纪负责照顾我的侍从。如果以后你有什么事需要帮忙，找阿基德和我都可以。阿基德是各项指标都非常完美的机器人。"

这个时候，阿基德居然意外地露出生涩害羞的表情。他垂下眼睑，纤长的睫毛覆盖下来，就像一个做错事的大男孩一样局促不安，表情与明显成熟的躯体极不协调。

温格才知道，原来，阿基德也是可以有表情的。只不过这个表情，实在太可爱了点儿。

"阿基德智商固然高，不过，他是千禧年才被做出来的，心理年龄才十三岁。别看他平时冷漠，其实很害羞。"未来继续揭人老底。

"殿下。"阿基德终于出声，表示抗议，面孔上依然带着羞涩。

三百岁的王子和十三岁的机器人，一对奇妙的主仆组合。

从外观上来看，普通人绝对会觉得阿基德比未来大。阿基德是身体成熟的成年人，而未来虽然身高与阿基德不相上下，但是容貌却是介乎少年与成年的青年模样。

不过，王子好像太邪恶了，总是欺负阿基德。温格想着忍不住笑了。

"我猜，窗台上的花是你种的。"温格望向阿基德说。

“的确。”阿基德承认，“种花是我的强项之一。”

“我妈妈很喜欢那些花，你有空的话，能不能教教她怎么种花呢？”温格没有忘记自己拜访303室的使命。

“其实是我的种子好，你妈妈可以无师自通。”阿基德从口袋里掏出一把种子，递给温格。

“原来如此。谢谢你。”温格抬头，阿基德的表情早恢复了往日的冷硬，又让人觉得不那么好接近了。

于是拜访新邻居的结果是，温格带着鸭子、种子满载而归。

反倒是妈妈特地叮嘱过的点心，居然还未送掉。

现实和想象，有时候就是这样，天差地别。

“天啊，你到底是怎么回事！温格！你怎么好意思拿人家那么多东西！”当温格不无艰难地拎着鸭子回到家，温妈妈果不其然大声尖叫出来。

“那个……一时间不知道怎么拒绝……”温格在母亲炽热的目光下小心翼翼地走到冰箱前，将鸭子放好，然后眼珠转了转，将一包鲜花种子递上去，有些汗颜地用手掌擦了擦裤子，“这包种子也是邻居给你的，妈妈。”

温妈妈深吸一口气，盯住温格手里那盒原封未动的点心，继续咆哮：“那么点心为什么没有送掉？”

“人家不要……”这种解释实在太高难度了，温格完成不了，她想或许天才沈可以，但是现在这个节骨眼上可以热线求助吗？

“开玩笑的吧！怎么可能不要！我很用心做的！孩子他爸，你过来看！”温妈妈实在难以接受现实，新邻居不是过于慷慨就是性格过于怪异，受不了了，她没办法了，于是叫来刚回到家的温爸爸。这怎么可能呢？一向广受好评的点心没送掉，反而被别人送了那么多礼物！这让她情何以堪！

温爸爸有些烦躁地走过来，无奈地教育温妈妈：“被拒绝很稀奇吗？倒不是你手艺不好，你也看看女儿拿回来的东西，种子，还有鸭子，多么原生态，而你做的点心，奶油，糖，食用油，卡路里，难怪会被人拒绝。”

温妈妈顿时哑口无言。

温格暗暗惊叹于老爸的逻辑思维。老爸真是太厉害了，这样的理由都能想出来。幸好有他帮忙。

2

能想象，一位从31世纪远道而来的吸血鬼王子就住在隔壁吗？

温格觉得，最近发生的一切都太不可思议了。她平静的生活就像一趟脱轨列车，向未知的远方奔驰而去。

简直就像魔法一样。

温格早早起床，对着窗户伸一个懒腰。身为一位元气少女，她没有赖床的习惯，至于上学总踩着铃声，那主要是因为她是个大胃王，早点要吃很久。

今天也要努力寻找报道素材才好！温格对着金灿灿的太阳用力握了握拳。

很想拿隔壁的新邻居大做文章没错啦，不过人家也要求过保密了，而她自己也觉得，还是把未来当成一个秘密比较好。

只有她知道的吸血鬼王子，感觉，还挺不错的嘛。

温格站到阳台上，深秋的风送来浓烈的花香，最后一点儿粘在眼皮上的睡意也被催跑了。

温格住在302室，而对面的303室阳台，被改造成了微型花园，这么望过去，姹紫嫣红的一片，极是梦幻。

阿基德站在花丛中，认真地浇水施肥，一身西装衬出他修长而不失精壮的体格。他过于专注，也就没有察觉到温格。

“嗨！”温格精神饱满地大声打了一个招呼，而如她所料，阿基德确实被吓了一跳，只不过他受到惊吓后并没有多大反应。

“早安。”阿基德道。一道银亮的声线若薄荷般带着清凉的味道。

“那么早就开始浇花啦。”温格微笑，“未来在干什么？”

“在房间里忙着搜集21世纪的信息。你要见他的话，我叫他出来。”

“不用了！我只是随便问问。”温格又想到劳烦王子殿下捏虫子的事，眼皮上的筋抽了三下。

“对了，有件事我觉得你会想要知道。”阿基德说，“前几天奉殿下之命，我特地去调查了封印殿下的双子面具。那两副面具能力超凡，是焦糖夫人在二手市场淘到的。面具最初的主人，我想有再仔细调查的必要。”

“这样啊。”温格点头，“还真多亏了你，这事总算落下帷幕，就不知道现在鬼屋关门后焦糖夫人去哪里了。”

阿基德波澜不惊地道：“她被我送到吸血鬼专门的秘密执法机构去了。囚禁31世纪的王室吸血鬼，是要判重刑的。”这话就如法官的铁锤一般分量十足，“咚”的一声敲在温格的心脏上。可以听出，阿基德非常看重自己接待王子的使命。有这样负责的同伴在，哪怕被囚禁也的确没有多少担心的必要了。

温格忽然对阿基德肃然起敬起来。

那个自作自受的焦糖夫人，想必没有料到，自己囚禁的吸血鬼居然会是一位来自异时空的王子吧。该说她运气太好，还是太差呢？

今天真是好消息频出的一天。

温格刚到校就听刘苏苏说沈铭溪在省级科技模型比赛上得奖了。于是温格立刻就拿出相机对着沈铭溪左照右照，强拉他上报纸充版面。毕竟现在素材不好找，而沈铭溪多少也算是美少年，放在报纸上具有相当大的观赏性。

沈铭溪私底下在思考，温格坐在他前面，到底是利大于弊呢，还是弊大于利呢？不，其实这个问题一点儿不值得思考，因为他实在不觉得，温格能给他带来什么“利”，麻烦倒是惹了不少，刘苏苏相比之下可是省心多了。

想到此处，沈铭溪重重叹了一口气。

“对了，跟你们说哦，我有了新邻居，是吸血鬼未来噢。”

温格的话让伏在桌上的沈铭溪立起脑袋：“他居然又回来了？”

“嗯。”温格情不自禁就露出微笑。

刘苏苏双手合十，满脸憧憬，“真的？我好想看啊，31世纪的吸血鬼王子……他的家，一定充满了中世纪的味道，华美的帷幔，酒红的地毯……”

温格沉默了。有必要告诉刘苏苏未来的居室风格是原始风格吗？

“我好想去拜访他啊，可以吗，温格？”刘苏苏抓住温格的手，紧紧地。

“好啊，我觉得他应该会欢迎知情人士的。”但是进了他家后梦想破灭，那就是另一回事了。

沈铭溪则一手托腮，一手把玩着桌上的钢笔，将之滚过来滚过去，“但是，忽然拜访感觉有些不妥，我觉得我们应该带上礼物。”

“是噢，温格觉得，送什么当礼物比较好？”刘苏苏依然抓着温格的手，双眼充满渴望。

温格冥思苦想，忽然眼睛一亮，“未来很喜欢帽子。如果是造型独特的帽子，我觉得他应该会喜欢。”

沈铭溪和刘苏苏神色复杂地对视一下。

“学校门口有卖帽子的店，挑一顶给他吧。”最后，沈铭溪如是说。

当三人抱着礼品盒走近温格住的生活小区后，却发现那里的气氛有些不寻常。

只见不远处，密密层层的人围拢在一起，不知在看什么，不过人群有迅速膨胀的趋势。

温格本打算快些去未来家的，但转念一想，又觉得一直都很平静的生活小区不会平白无故有那么大的骚动值得如此声势浩大地围观，便又停住脚步，率领二人直直扎向人群。

费力地挤进去，温格看见一个赫然立在面前的公告牌。

“凡是献血三百毫升以上者均可获赠精美蛋糕一份。本人保证献血设备干净无毒，欢迎检验。”温格读完，扭头看身边的二人，只见沈刘兄妹好像都没听见她念公告，目瞪口呆地看着另一边。

温格跟着望过去。出现在她视野中的是一辆类似于献血车的大巴。旁边一张原木风格的椅子上，身着白大褂的阿基德优雅而庄严地坐着，黑珍珠一般的眼睛清冷如常，一点儿不为骚动所扰。

温格脑子一时间转不过弯来。

“这个和吸血鬼未来有关系吗？”沈铭溪直觉灵敏，凑近温格小声问。

温格面露忧郁地打量那辆献血车。

车的外壳上画着两个小孩，头上飞着几只鸟。但这图画也太过于抽象了，温格费好大劲儿才鉴别出这画的都是什么。如果这幅画硬要用一个形容词来简单概括，温格觉得，“丑陋”是恰到好处的。

那么，如此奇特的献血车会和未来有关系吗？

答案是显而易见的。

出于职业本能，温格给这辆车拍了几张照片，然后道：“我们上车去看看吧。”

“你疯了？才从鬼屋出来就敢随便上陌生人的车？还是这种丑得要命的车。”沈铭溪一把抓住温格的胳膊，气得直咬牙。谁能告诉他，他是怎么和这么没脑子的女生混得这么熟的？都说物以类聚，人以群分，怎么到他这里，一切都乱了套呢？

“呜，沈大天才，有事好好说嘛，鬼屋那事的确是我不对，我认真反省过了，可是你看见车边端坐的男子了吗？我认识他，他是负责照顾王子的机器人阿基德。”这么说着，沈铭溪才松开温格，温格苦着脸揉着自己的小细胳膊。

沈铭溪仍有些怀疑，“那么，他也是从31世纪来的？”

“不是。他是2000年制造出来的，其实实际年龄和我们差不多大啦。”

沈铭溪沉默，随即推搡出人群，走到阿基德面前。阿基德慢慢抬头，黑珍珠一般的眼睛聚焦到面前这位少年清秀而凝重的面庞上。

这个端坐在车边，身姿威武，犹如猎犬一般的男子，实际年龄真的只和他们一样？一时半会儿，沉着机智如沈铭溪，也难以适应。沈铭溪凝望阿基德许久，而后轻咳一声道：“我们想见未来，听说你们住在一起。”

“上车。”阿基德淡淡道。两个字，简洁有力。

沈铭溪又看向车外壳，不得不再次感叹，那画实在太丑了，若要在平时，他是断然不会上这种车的，简直有辱他的光辉形象。

于是三个人就在众人的议论纷纷中顶着巨大压力上了车。

举目望去，车子内部有三张小桌和几把椅子，而毫无疑问，清一色皆是原始风格，粗犷硬朗。

“欢迎光临。”低沉若管风琴一般的声音，自车厢阴森的角落处幽幽传来，三人皆吓了一跳。

循声望去，只见未来端坐在没有阳光的地方，交叠双腿，膝盖处放着一本书。一双银灰色的眼睛，却突破重重阴影，闪烁着诡谲的微光。起初温格并未觉得有何异样，然而自从得知未来的身份后，她忽然觉得，未来无论做什么，都似高高在上，遥不可及。哪怕，他一动不动地坐在最隐秘的角落。

此时未来穿着一身白色的医生袍，身上还像模像样地挂着一只听诊器，头上依然顶着阿基德送来的高礼帽。显然，他爱极了那顶帽子。

“未来，大家都想来见见你。”即便相识已有一些时日，但是看到未来，温格还是有些不自然，心跳会摆脱以往的频率，跳动得毫无章法，害她连一句完整的话都说得极为吃力。

温格不动声色地推了推捧着礼物盒，呆立在一旁的刘苏苏。

刘苏苏明显更是害羞，她犹豫一下，小步挪到了未来眼前，用僵硬的双臂将礼物盒子直直捧出：“那个，这个，是给你的礼物，希望你不要嫌弃。”她的声音局促不安。

“这对我来说绝对是个惊喜，我向你保证。”未来用他那修长苍白的手指慢条斯理地拆着包装盒，银灰色的眼睛带着笑意，凝望着刘苏苏因过分紧张而通红了的小脸，“你叫什么名字？”

“刘苏苏。”刘苏苏仓皇地回头，看看沈铭溪，“那位是我表哥，他叫沈铭溪，你们应该……已经见过面了。”

未来就对沈铭溪点头微笑，“你妹妹真可爱。”

沈铭溪神色复杂地抽了抽嘴角：“谢谢夸奖，我很荣幸。”未来于是笑得更深了些。

未来娴熟地拆开礼物，而刘苏苏越来越紧张，她低头看着脚尖，几欲发抖。她第一次接触吸血鬼，他的冷冽俊美，让她脸红心跳。

“啊，帽子。”果不出温格所料，未来拆开盒子，发现是一顶硬挺挺的海军帽后，声音里有难以抑制的欣喜，“谢谢你，苏苏。”

刘苏苏如释重负，感激地回望一眼温格。

未来脱下头上的礼帽，将海军帽戴至头上。刘苏苏忙不迭地从怀中掏出一面小圆镜来，供未来欣赏新帽子。

“能请问，为何你会在这辆车上吗？”沈铭溪忍不住出声。他对吸血鬼心存芥蒂，温格也就算了，自家表妹和一只吸血鬼在眼前玩得甚是欢乐，他怎能坐视不管？

“我在搜集血液。”未来说。

“但是，你不是素食的吗？”

“我当然是。不过我来21世纪的目的就是搜集人类的血液。”

温格终于明白为什么之前会有些奇怪的感觉了，好像手捧一本做工精良却缺少页数的书。原来，这是因为未来一直未说自己穿越时空过来的目的。

温格等着未来继续说下去。

“我妹妹矜天患了血液方面的怪病，我们那里的医生说，这可能是因为那

个时候人类体内富余太多塑化剂等有害成分导致的。健康人类的血液说不定会成为她的良药，所以我才来21世纪找可以医治她的药。”这样一番话，让在场三个初中生都心生一片感慨。

未来的妹妹真是不幸，不过好在她有未来这样的好哥哥。

穿越时空听起来很棒、很有趣，但实际操作起来，自是困难重重。未来刚到的时候，还不是遇到了个歹毒的焦糖夫人。

所以未来的穿越时空，或许可以理解成他为家人的一种无私奉献。

沈铭溪下意识地去看一脸崇敬的刘苏苏，登时一种被比下去的感觉油然而生，果然，吸血鬼未来，不论再如何伟大，他都喜欢不起来。天才美少年的面孔一点点阴暗下去。

“但是，为什么要是21世纪的人类血液？”温格又问。

“因为21世纪，是人类文明的鼎盛时期，这个时候的人类数量，空前绝后，想必你们也有感觉。”未来如同一位跋涉千里的吟游诗人，讲述起自己的故事，“我们这些来自未来的时空穿梭者，也不能毫无章法地随便钻进一个空间里。破坏一样物品，或是伤害一个人，都可能对以后的时空产生难以预料的影响，所以无论做什么，我们都会尽量选择21世纪前后几百年。人类过于稀少的话，那么穿越者对历史的影响就会相对提升，我们需要尽可能避免这种影响。”

“那你妹妹现在怎样？”刘苏苏担心问。

“她被冷冻在冰库里，暂时处于休眠状态。所以我也并不急着回去，得等时空机修好。”未来蹙了蹙眉，口吻还是一如既往的风轻云淡，这是他的风格。

“能修好吗？”温格又问。

“拜托给一个可靠的朋友，他是那方面的专家。我想应该没有问题。”

“你妹妹要多少血才能被治愈呢？”

“我不清楚，暂时能搜集到多少是多少。”未来笑着，优雅如昔，“生活充满了未知，你看，现在我不知道能不能回去，也不知道有了健康的人血是否就能救我妹妹。只有时光知道一切，而我只能等待。”未来如是一番大道理，使得三个人类小鬼一时间不知作何反应，十分默契地选择了沉默。

未来完全不介意这样的冷场，他若无其事地将头上的海军帽拿下来，又仔细打量一番，然后戴了回去。

“你妹妹长什么样子呢？”在温格心目中，未来的妹妹，应也是如未来一般好看的。一位银色长发的美丽公主，纤弱的身体，苍白的肌肤，常年冰冻在水晶棺中，等待哥哥自遥远的时空送来灵丹妙药。啊，多么浪漫的故事。

“我画在车上了。你们应该看见了吧。”温格眼前一黑。未来的答案还真让人幻灭。

众人都毫无障碍地想到了车壳上画着的丑陋简笔画，实在是没法将之与美丽的公主联想在一起，不由都阴下脸来，继续死心塌地地沉默着。

“我一时兴起，画了我和妹妹童年时一起玩的场景，显然，我画得不怎么好，你们都没认出来。”未来继续笑，而众人的沉默时间在持续累加着。

王子殿下创造力出众，然而他的绘画技能并不能将这种创造力尽数诠释。温格在心中总结。

“无论什么人献的血都可以救你妹妹吗？”终于，沈铭溪出声打破沉默，“我是指，你不挑血型吗，或者……”

“请问，真的能献血送蛋糕吗？”这时，一位献血者登上了车，三个初中生和一只吸血鬼的谈话戛然而止。

如果没猜错的话，这会是未来接待的第一位献血者。

众人动作一致地回头，如同参观国宝一般，眼中充满惊奇。走上车的，是一位身形彪悍的中年女性。她倒不是特别肥胖，但三围目测是同样数值。

未来就微笑着站起身来，迎接他的第一位客人。

“感谢您的到来。”犹如管风琴一般的声音低沉地响起，隐隐约约透着一丝鬼魅。彪悍女性紧紧盯着未来，从他的海军帽审视到那笔直银亮的长发，然后，她神色肃穆地看他色泽罕见的眼睛，问：“你，是在COSPLAY（角色扮演）吗？”在正常人的思维里，这种头发不是染的就是假的，至于那双眼睛，应是戴了美瞳。

然而未来并未辩解，只是顺势答道：“在COSPLAY吸血鬼，尊敬的夫人。”

三个在旁观看的人类小鬼已然无法预料这次献血的发展趋势了，只能看着未来表演。

说实在的，如果不是海军帽和那头银发过于惹眼的话，仪表堂堂的未来凭他强大的气场，极有可能被认作资历颇高的医师。

“这辆车该不会也是COSPLAY道具吧？”彪悍女性来回观望，冷厉的目光顺带扫一眼三个小鬼。她生怕自己跌入一个孩子们的恶作剧，什么便宜都没占上，反而成了被整对象。她看着未来的眼神，居然多了一抹惧怕。

温格、沈铭溪还有刘苏苏心情复杂。谁都能理解彪悍女性那种上了贼船的感觉。

于是未来就轻轻握住彪悍女性的手，将她引领至车厢内部，指给她看专业的献血设备。

“医生，你的手很冷。”彪悍女性忍不住打了个哆嗦。

“嗯。”未来应和，“天气有点儿凉。”

“你要用的器材是合格的吧？这到底是献血给哪里啊？”彪悍女性有点儿没法说服自己去相信面前这个银发白袍的男人。

“献给我妹妹，夫人，她……得了白血病。”未来眼睑低垂，轻蹙起眉，露出真切的、忧伤的表情，却依然俊美。

温格诧异了。她不知道，平日波澜不惊的王子，还可以有这样的表情，登时因他对妹妹的爱而感动了，心中仿若被风吹起阵阵涟漪。

彪悍女性亦被这样的表情所触动，坚定道：“我答应献血。”

“您人真好，夫人。”未来抬起眼来，神色平静如常，高贵不可触犯。温格始明白，方才见到的，是王子殿下的又一特长。

没料到，他的演技，可以精湛如此。

“他们是谁？”彪悍女性看了看那三个蜡像一样站在一边的初中生。

“我的义工。”未来答得连贯自如，“夫人，请您坐到这边来，我给您进行一下血检。”

于是三个初中生又津津有味地看完未来装模作样的血检。

“恭喜您，你的血型的确是我要找的那种。”未来说，“请问您打算献多少呢？”

“这里最少可以献多少？”

“三百毫升。”

“那么多？”

“以您的健康程度来看，哪怕八百毫升都不是问题。”未来瞥了一眼彪悍女性，这句话，倒是夹在所有善意谎言里的真话。未来不是专业的医生，却是货真价实的吸血鬼，能轻而易举判断出人类机体的健康状态。因而，他能将一个献血过程演绎得惟妙惟肖。

没过多久，彪悍女性便拎着蛋糕走了。

“刚才那个女人的血真的符合你的要求吗？”沈铭溪继续问。

“当然。我又没有多严格的要求。”未来顺势将刚才抽的血放入一部特殊机器里，“不过，好像脂肪含量是高了些，得用机器过滤。”

“但是，为什么献血送蛋糕而不送别的什么呢？”

“因为阿基德热爱做这个。他的手艺很好。有时候我也奇怪，为何将他制作出来的蝴蝶金伯爵，不把他设定成女孩子。他又会种花又会烹饪，简直就是淑女的典范。”

温格的脸色黯淡下去。果然，大家都喜欢温柔娴静的女孩吧，连未来也是这样。种花烹饪，刘苏苏大概都能胜任，而她……她只会扛着相机乱跑而已。

“温格。”未来好听的声音在呼唤她。她迷惘地抬头，不确定是否自已的不开心明显地写在脸上，从而被未来看到。

未来凝望温格，露出一个充满诱惑力的微笑，“你想吃蛋糕吗？”

“可以吗？”温格眼睛一亮，登时将所有不快抛至九霄云外。甜食是她最喜爱的。

于是，三个初中生自礼品架上捧来一只蛋糕，占据了另一张献血桌狼吞虎咽起来。蛋糕很美味，还有一种玫瑰的香味。

未来以手支额，看他们吃，看得极有兴致。

“未来，你不会觉得只喝鸭子血很单调吗？”温格一边吃一边抬头问。

未来似笑非笑地看她：“我能穿越时空，你不能。”

温格继续低头吃蛋糕，顺带小声哼哼：“好吧，你赢了。”

“请问，这里真的可以献血吗？”

没过多久，又一个献血者的声音响起。这声音，还真有些熟悉。

温格抬起一张沾着奶油的脸就朝门口望过去。

第二个登上车的人，不是别人，正是滑板少年昭拾。

昭拾依然穿着老旧而宽大的连帽衫，一双纤瘦的小腿裸露在外，怀里是他心爱的滑板。此时他充满戒备地望着车里，滑板则是他的护身符，被他骨节泛白的手紧紧抓着。

温格停止了吃蛋糕。她完全没有想到，会在这个地方见到昭拾。

“可以。”这时，就听未来好听的嗓音在耳边响起。

3

“昭拾。”

少年的名字，就在舌尖上，缠绕着隐隐的苦涩，蹦跳而出。

温格都忘记了擦嘴，就这么凝视着昭拾。他不该来献血的，他怎么可以来献血呢？他明明那么小、那么瘦，必然又是为了食物。

昭拾一定是看见刚才那个彪悍女子领了蛋糕下车，所以才上来的。

听闻温格轻唤少年的名字，面容上不无忧虑，沈铭溪和刘苏苏都停下了动作，看向少年。未来的嘴角带着意味不明的弧度，他双手环胸，饶有兴致地看着面前越走越近，却只是淡淡扫了温格一眼的，无所畏惧的少年。真是冷傲的孩子哪，明显是不领温格的情。

“昭拾，你来这里，李婆婆知道吗？”温格“噌”地站起来，蹿到昭拾身边。

昭拾没有理她，坐到献血桌前，面对未来，撩起袖子，露出细瘦的手臂，淡淡道：“开始吧。”如此干脆，和刚才那位女士简直是天壤之别。

温格哑口无言。再想阻挠，也因少年似是不容置疑的倔强而无计可施。

面前是急得团团转的少女和执拗地把手臂伸到自己面前的少年。未来以手支额，看着面前的两个人，觉得颇为有趣。

“温格，交给我吧。”未来柔声说。他的声音如此美妙，就像一首缓慢流淌的夜曲，让人想沉醉其中。

这样的声音与承诺让温格心安，即便它出自一只吸血鬼。

温格静静坐到一边，倒是少年昭拾，开始因未来给温格的承诺，有些许浮躁了。毕竟，他很清楚，温格是想要阻止他的那一个，若是她放心，那他这边可就不好办了。

“喂，我是要献血的。”生怕自己的决定被他人摧毁，昭拾如小兽一般瞪着未来，大眼睛里盛满焦躁，却依然是好看的。

这是温格第一次听见昭拾说那么多话。

他的声音很轻，却如他的人一般带着一股子刚硬与戾气。

“我知道，我让你献。”未来也对少年露出柔和的微笑。然而越是这样的笑容，就越让少年感到不安。

“喂，我说……”昭拾还欲嚷嚷什么，未来冰冷的手就覆盖在他的眼睛上。或许是感受到那只手过于低下的温度，昭拾立刻就安静下来，沉浸在未来给予他的清冷之中。

仿佛世界一片纯美，如同冰封的雪谷，很冷，却有他想要的寂静与安宁。

“我的献血流程有个规矩，就是献血的人要闭上眼睛献血，可以吗？”未来低沉美好的嗓音，透过少年雪白的世界，犹如一片月光，洒下一片希望。

昭拾抿唇，轻轻点头。

未来移开遮住少年双眼的手，取来针管，但是针管并未连接任何抽血设备。针头刺入少年纤瘦的胳膊里，少年纹丝不动。没过多久，未来便拔出针头，自然是没有抽任何血。

“你可以睁开眼睛了。”未来刻意在这个时候，将分离出脂肪的彪悍女子的血入袋封好。这样，昭拾就会以为这是他献的血。

昭拾看着那一袋浓稠的血，面色略有不适。

未来微笑着将蛋糕递给他，还未说再见，少年便抱着蛋糕，如猫一般灵巧地窜下台阶，临走之前，还颇有点儿怨愤地瞪了温格一眼。

温格心中五味杂陈，只能看着昭拾娴熟地滑着板车，瞬间消失在她的视野里。

她才转过头来，对未来诚心道：“未来，你是只好吸血鬼。”

“都怪我，未在告示牌上写清楚，禁止排骨状的小孩献血。”未来说，“但是他的血液里铁元素严重不足，我能够闻出来。”

“是啊，他是个被领养的孩子。不过不巧的是，领养他的人生活也并不富裕，而且身患重病。”温格满心期盼地望着未来，“未来，或许你可以帮帮他们。”

“我不是神医，我爱莫能助。”未来的眼睛隐约闪动着冷冽的光，“你是否记得，我刚才说过的话，过分参与这个时代的人的生活，是我最不能做的。”

“这么说，一点办法也没有吗？”温格轻叹，“你不阻止刚才那个少年，说不定他会隔三差五就到你这儿来领蛋糕，到时候影响之大，也不堪设想。”毕竟，再美好的骗局，也总归有被揭穿的一天。

“你说得很有道理，我会想办法。”未来若有所思地点了点头。

就这样，一天的献血奇遇告一段落。

昭拾下车后，又陆陆续续来了些献血的人，不过人数依然不多。沈铭溪和刘苏苏在离开时纷纷表示也要献血，但被未来以未成年为借口拒绝了。而后，未来让三个小鬼一人拎走三只蛋糕，毕竟是阿基德辛苦做出来的，隔夜就不好吃了，而阿基德真的好喜欢做蛋糕，一口气做了一整车。

于是，当温格回到家，温妈妈又受不了了。

“温格，这些蛋糕是从哪里来的？”

“嗯……是新邻居送的。”

“天啊，孩子她爸，你快过来看啊！新邻居到底是何方神圣啊！原来当初他拒绝我的点心绝不是因为点心不健康、不绿色，而是因为他实际上是更不得了的糕点师！”

温格汗颜。

第二天醒来，邻居街坊竞相转告着一件怪事，据说抚养昭拾的李婆婆家的阳台上，不知为何，一夜之间挂满了鸭子。

4

这几天，未来和阿基德开着献血车在这座人气旺盛的城市来回转悠，搜寻血液。温格只在放学后偶尔兼职一下小护士，来献血车帮帮未来的忙。

兼职时温格会换上护士服，成为王子殿下名正言顺的小助手。

这天傍晚，温格做完作业登上献血车找未来玩。未来正在能晒到月亮的窗边看一本《自然与健康》杂志，银灰色的眼睛在夜空下闪着微光。

“医生，医生！”

一位老奶奶拄着拐杖，颤巍巍地登上献血车，哀求般地看着未来：“医生，我的嗓子好疼，请问你这里有消炎药吗？药店在好远的地方，我这把老骨头，走那么远的路实在受不住啊。”

未来抬头，用无起伏的声音道：“抱歉，我这里没有消炎药。”

“那感冒药呢？”

“抱歉，也没有。”

“那你帮我去买一下行吗？我在这里等你……我实在走不动路啦。”

未来“啪”的一声合上杂志，看着老奶奶的眼神有那么点儿抑郁，周身散布出让人胆寒的低气压。然而老奶奶却似什么都未感觉到，继续恳求说：“医生，拜托你行行好嘛，医生不就是以救死扶伤为本职的吗？耽搁不了你几分钟的。”

未来沉默。半晌，他微微倾身，小声问坐在旁边的温格：“你觉得有这个必要吗？”

“有。”温格笃定地点头，“为了确保血源，王子殿下您很有必要在这一带树立良好的口碑。”

未来轻叹一口气，阴着脸站起身，便走下车去。

老奶奶立刻笑颜逐开：“医生你真是大好人！”

转眼间，未来便回来了。老奶奶拿着消炎药满意地离开，而未来则拎着好几包塑料袋走上车。温格定睛一看，居然全都是药。

“哪家药店这么可怜，被你给洗劫了？”温格诧异。

“说不定下次还有人来求药。”未来淡淡地扫一眼温格，坐下来继续看书，“树立口碑。”

就这样，温格在日复一日的小护士生涯中，迎来一个可爱的、充实的周末。

献血车开到一个新小区搜集血液，而温格则坐在车里缝制坐垫。

没错，原始风格的车厢实在过于粗犷，为了让献血者更舒适，坐垫非常必要。至于坐垫的颜色嘛，就选择和车厢内布局比较协调的金色吧。未来讨厌柔软的东西，所以温格费了不少口舌，才让他同意在车厢内摆放坐垫。

至于做坐垫的方法，温格还刻意向刘苏苏请教过。这些天，温格连新闻素材都不去找了，有时间就忙着做手工，坐在后面的沈铭溪，最近都用看怪物的眼神看温格。

今天也如往常一般，献血车前围观者无数，但真正上车的献血者却不多。温格早已习惯，坐在车厢内岿然不动地缝坐垫。

“有没有兴趣在下个星期五和我参加一个吸血鬼组织的拍卖会？”未来坐在温格面前，依然是一身医生装扮，看起来极是圣洁。

未来十指搭桥，交叠在膝盖处。这是他习惯的谈话姿势，极有亲和力，且不失优雅。

温格一分神，针便扎进肉里。她哼哼一声，赶紧用嘴含住冒出血珠的手指头，眼神有那么点儿楚楚可怜，“拍卖会？当然好呀，这一定是很不错的新闻素材。”

未来无奈，他早已习惯温格十句不离新闻素材的谈话方式。这算是这位活力无限的元气少女最大的特色。

未来取来一只创可贴，为温格包扎受伤的手指。吸血鬼的触感，冰冷而柔和。他虽然贵为王子，包扎的动作，却极尽细致，“你不怕在拍卖会，遇到其他吸血鬼吗？不是我这样的素食吸血鬼，而是以人类的血为食的，真正意义上的吸血鬼。”未来一弯唇，笑容诡谲，“你要是在他们面前流血，他们就会像看到肉的狼，成群结队地拥过来。”他还刻意压低声音，有恐吓的意味。

“我才不会害怕呢！”温格挺了挺胸脯，心有疑虑却不甘示弱。

“请问，这里是献血的地方吗？”就在这时，一句最近经常听见的问话在耳边响起。

温格不忘小护士的本职，竖着一根负伤的手指小跑着来到车门口，她的面前，是一位抱着Hello Kitty布偶，扎着羊角辫的小女孩。

“这里的确是献血的地方，但是你太小了。”温格弯下腰看才长到自己肩膀的小女孩。大概是个淘气的孩子吧，家长也没有管住，一个人就爬到车上来。真是的，未来已经在告示牌上写了不接受十八周岁以下未成年人的献血，可还是有人忽视。

然而小女孩并没有看温格，她的视线直接飘到未来身上，脸上绽放出灿烂的笑容，露出两颗尖利的小虎牙，“这个护士装扮的女孩，是你的‘食物’吗？”

她口中的护士，当然就是温格。温格一怔，料定小女孩身份一定不单纯，于是默默地看向未来。

“她不是我的食物。”未来回以绅士般的微笑。

“嗯，能闻出来，你身上都是鸭子的味道，你应该是位素食吸血鬼。”女孩皱了皱鼻子，亮晶晶的眼睛依然盯着未来，小粉舌头伸出来，轻轻扫了一下嘴唇，“我有点儿饿，不如，你就把你搜集的血液分给我一点儿吧。”

温格算是了解了，面前这个小女孩，一定是只吸血鬼，而且，是只有点儿难缠的吸血鬼。

然而未来搜集的血液，是拯救妹妹的药啊，怎么可能随便给人呢？温格担忧着，只见未来步伐优雅地走近，在小女孩面前从容解开衬衣的袖扣，露出苍白的手腕。温格错愕。

“很抱歉，那些血不能给你，但是我的血，你或许可以将就一下。”未来轻缓的声音，一贯是柔和而惹人沉醉的。

小女孩古灵精怪地转了转眼睛，而后，她面露微笑，张开嘴，锋利而小巧的牙齿嵌入未来的手腕。温格在一边捂住眼睛，不敢看。

“怎么了？就这点儿事，你还捂眼睛。”未来嘲弄的语调在耳畔格外清晰。温格睁开眼，仅一会儿工夫，小女孩就不见了，只有未来斜倚在她身边，慢条斯理地扣着袖扣。

“她咬你，你痛不痛啊？”温格抓住未来的手，不让他那么快扣上。然而吸血鬼的自愈能力到底是常人难以比拟的，那么短的时间内，未来的手腕已然是苍白一片，如白纸一般寻觅不到伤口了。温格狐疑地抬头看未来，未来神情淡然如常。

“不会太痛的。”未来说，“如果你好奇被吸血鬼咬是什么感觉的话，我可以勉为其难地满足你，且不吸你的血。”未来的视线轻轻扫过温格嫩白的颈项。

“谁要你咬啊。”未来的视线惹温格一阵脸红。她故作镇静地坐回原位，继续缝坐垫，“不过我很好奇，那个小女孩是谁。”

“我也不认识。”

温格停下手中的活，“你也不认识？”

“21世纪的吸血鬼生活很和谐，基本一只吸血鬼占据一个小地盘。我们现在所在的小区，大概就是那个小女孩的地盘。陌生的吸血鬼闯入，要上交些‘过路费’，我刚才的血就是‘过路费’。”

“那么你岂不是要被收好几次过路费？21世纪的吸血鬼你都不怎么认识吧？”

“也不尽然。我不是第一次穿越过来，几位德高望重的吸血鬼长老，我也知会过。再者，成年的吸血鬼往往会考虑许多因素，他们不会贸然收取过路费。但是年幼的小吸血鬼却格外难缠。他们可不管路过的陌生人会是谁。有时候，就像派发万圣节的糖果一般，不得不给他们一些甜头，他们才不会惹是生非。”未来无奈摊手。

原来，高贵的王子殿下也并非事事如意。

“嗷！”温格忽然又是一阵怪叫。

“怎么了？”未来关心地问。

“针……针又扎到一根手指头里了，呜……”

“你到底是为了什么要缝坐垫啊？”……

5

最近没怎么见到昭拾，温格有种不好的预感。偶尔听见滑板的声响，都会下意识地回头，不过那都不是昭拾。

昭拾是个太容易让人记挂的少年。他像飓风，刚烈，难以捉摸。他又像飘荡在城市间的精灵，来去自由，悄无声息。

上学期间，温格依然在寻找新闻素材和带新人，新一期的报纸也在如火如荼地赶制中。温格比普通学生更忙碌一些，不过她热爱这样的忙碌，热爱记者的工作，那是她不可或缺的动力。

自从遇到未来，举着相机的温格时不时就会沉思，她在想照片的意义以及生命的意义。

一千年后，世界会是什么模样？31世纪的人倘若看见21世纪的照片，又会是什么感觉？

他们会在照片里，读到一千年以前的拍摄者的心吗？如果选择留下一张照片给一千年以后的世界，该选择什么题材的照片呢？一千年看似遥远，其实伸手可触。

约定去参加拍卖会的时间很快来临。

刚到家温格就收到快递来的包裹，附带一张卡片：

一份小礼物。给可爱的温格小姐。未来

温格拆开包装一看，居然是一件礼服。

温格听未来说，这次拍卖会极其盛大，会有不少吸血鬼长老出席，然而隆重到要穿礼服，她自是没有想到。

这可是她第一次收到礼服啊，还是未来送的。

怀着难以言说的激动心情，温格迅速穿上礼服，居然非常合适。

那是天蓝色的裙子，上面点缀着糖果和星星，甜美而梦幻。

礼裙有两根小肩带，背后缀着的抽绳则是深蓝色的蕾丝缎带，抽紧了，便能显出少女细小的腰身，裙摆的蓬度恰到好处，穿在身上还真有种公主的感觉。

温格在镜子前欣赏一番，就带着小挎包及照相机出门了。

她多希望来迎接自己的是南瓜马车，实在不行，随便什么颜色的小汽车也可以，至少不该是面前这辆丑得离奇的献血车。

好吧，在王子殿下身边，就要学会习惯各种不同寻常。有车坐，已很不错。

未来照例坐在献血车最为阴暗的角落里。

负责开车的则是阿基德。

此时，夕阳如火一般艳丽，即便窗帘皆已拉上，未来依然竖起风衣领子，拉低高礼帽帽檐，将脸遮得严严实实。

温格小心翼翼地坐在未来身边。

空旷的车厢内只有他们两个人，安静得不可思议。温格都能听到自己的心跳。

未来正在翻阅一份报纸。偶尔抬头，银灰色的视线就落在温格脸上，不禁莞尔。他想到相遇时，她披着白色幽灵布，幽怨沮丧，却从未丧失过逃跑的信念。然后，她在他身边，当过护士，当过记者，而现在，她是他即将领去拍卖会的小女伴。她的眼睛波光粼粼，闪烁着朝气与希望。这是少女独有的眼眸，代表一颗至纯至美的灵魂。她近在咫尺。

他的视线中慢慢就有了怜惜。

“礼服还合身吗？”未来无法阻止自己的言语中充满宠溺。

“嗯，谢谢你。”温格羞怯，“真是麻烦你了……礼服，是不是很贵呢？”

未来微笑：“合身就好。”他一抖报纸，继续翻看。对于一千年以后的吸血鬼而言，一份21世纪的古董报纸很有研究的价值，哪怕是腹泻广告抑或招商启事。

车在无人的道路上悠闲地行驶。

此时正值下班高峰，往返于市区的道路拥挤不堪，而未来一行前往郊区拍卖会的道路，则格外顺畅。

未来和温格坐在车中，沉默占据了大半时间。温格心想或许觉得这样的气氛难以忍受的只有自己，而未来则很享受在静谧的时光中读报。

“未来，”她终还是耐不住寂寞，唤他，“白昼的景色，你是不是都不曾享受过。”

时间在手指中轻而易举地变幻。然而不变的，却是无法在太阳下尽情奔跑的事实。任何时空都无法让吸血鬼体会阳光的温度，所以他们一直都没有温度，再温暖的血液，也冲散不了体内的冰冷。这仿佛是一种诅咒。

“只要用衣物包裹住全身，我也能在太阳下活动。但的确，我太难享受白昼的景色。在太阳下，我总会心惊胆寒。”未来顿了顿，再次看向少女透亮的黑瞳，“温格，你喜欢太阳吗？”吸血鬼王子平淡的嗓音中，夹杂着一丝若有若无的苍凉。

“喜欢的。很喜欢。”温格怅然地微笑，“每天早上，看见金灿灿的太阳，我就干劲十足。”

“太阳是神圣的东西。它属于万物，却独独不属于吸血鬼。”未来轻叹，“温格，我多希望有朝一日能如你一般拥有体温，尽情拥抱太阳。”

“但是如果和我一样，你就无法永生。其实未来，我也好羡慕你无穷尽的生命。”

“这个世界上有许多东西都能永生，比如沙石，比如空气。”未来低沉好听的嗓音缓缓流淌，静谧如时间，“但你不会想去羡慕它们。活得久了，你便会懂得，什么都没有你体内那颗会泵出温热血液的心脏珍贵。”

依然寂静的车厢内，温格与她的吸血鬼王子无声对视。那一刻她觉得，自己不是在一辆奇怪的献血车内，而是置身于浩瀚星空，感受到宇宙的无尽与辉煌。未来银灰色的眼睛里，承载着无穷奥妙。

6

献血车忽然紧急刹车。

“阿基德，发生了什么事？”未来问。

“我也不知道。一个小孩子忽然拦在路中央。”阿基德说。

果然，一个十岁左右的小男孩急匆匆跑过来，对着阿基德身边的窗户大喊：“快救救我的朋友，他刚才……刚才掉到湖里去了！”声音里，是无可忽视的浓重哭腔，男孩的脸上已然涕泪纵横。

阿基德端坐在驾驶座上，看着面前号啕的男孩。“我，不能下水。”他平静地陈述这个事实。他是机器人，完美的机器人，却唯独对水毫无办法。他并不像高档的瑞士表那样防水。阿基德面无表情地回头，黑珍珠一样的眼睛看着未来，等待王子的指示。

“我去吧。”温格急急地站起来，“我会游泳的，这个时候找其他帮手，一定来不及……”

“我来。”刚站起来的温格很快就被未来挡了回去。

温格睁大眼睛欲说什么，就见裹得严严实实的未来已经跳下献血车。

“在太阳下，我总会心惊胆寒。”

方才的对话，还在耳边回响。

温格大感不妙，急忙下车紧跟未来。

求救的男孩见前来相救的人包得浑身上下密不透风，眼里浮起一片诧异，却还是抽噎着指给他同伴落水的地方。未来二话没说，将头顶上心爱的高礼帽递给男孩，纵身跃入湖中。

“扑通！”

温格追到湖边，心瞬间就高高悬起。

面前，看似平静的湖泊与火红的残阳，在遥远的地方连成一片。本十分美丽的景色，此时却刺目起来。

“你的同伴怎么会掉下去？”温格柔声问抽噎的男孩。

“我们在玩，都是我不好……我只是轻轻推了一下他，却没注意到他身后就是湖泊……都是我不好……”

虽然很是担心，温格还是将带有安慰意味的双手压在男孩的肩上，强作镇定道：“没事的，一切都会好的。”

未来，你一定也不能有事。

时间一分一秒地流淌。

温格越来越紧张。在她的心目中，未来总能从容应对一切。然而这一次，她无法完全相信他。

太阳，快落下去啊。

温格在心中祈祷。

因过于急迫，她的眼眶都红了起来。

终于，平静的水面有了动静。温格和男孩立刻跑上前去。

首先浮出水面的，是男孩的同伴。男孩急忙去拉同伴的手，他惊喜地发现，落水的同伴尚有一丝气息。

之后出现的便是一双手。

苍白修长的吸血鬼之手，有力地托住了溺水男孩的腰部。

但是，这双有力的手在晒到阳光的一瞬，却散发出一股烤焦的味道。

“咝咝”声不断冒出，苍白的皮肤在露出水面，暴露至阳光下的那一瞬间，慢慢变黑，皱缩。温格惊恐地捂住嘴，却无能为力，只能看着未来在越发浓重的焦味中浮出水面。

未来的长发在湖水中起伏，扩散，如同深海发光的水藻，遮盖住吸血鬼苍白的面颊。

男孩将同伴扶到地上，还来不及关注未来。温格一把抢过男孩手里的帽子，在未来的脑袋露出水面的同时，眼疾手快地将帽子扣到未来的头顶。多亏了温格帮助，未来的晒伤仅仅分布在手背上。

一上岸，未来就迅速用那31世纪质地特殊的风衣将自己再次包裹起来，密不透风。

男孩及同伴刚欲答谢，就见自己的恩人已然大踏步地向献血车走去，温格在其身后做掩护。一男一女，一高一低，头也不回，步伐匆匆，仿佛刚才不是救了人，而是放了火。

艳红的天幕下，一道刺目的银光闪过，宛如流星在面前陨落。

真是个极不平凡的黄昏。

又有什么发生了？

温格下意识地闭上眼，再次睁开，却直直撞上了生生停在半路的未来。未来的身子又冷又硬，就像钢板一样。

温格哀怨地摸着撞疼的鼻子，往前一看，一位不速之客停在献血车前，手握一把剑，锋利的剑刃闪着冷冽的光。

祸不单行。

温格看着那把剑，本能地猜测，那是一把银质的剑。

温格自未来身后探出脑袋，望着未来的侧脸。当然，他的脸上除了一双眼睛，什么都看不到。未来微微眯起眼睛，看着面前的人，肃穆的表情如同走向决斗场地的狼族之王。

手握银剑的，是位很年轻的男性。他披着条米色披风，脚踩一双及膝防水靴，英姿飒爽，仿若一位服役中的军人。只是略显怪异的是，他的下半张脸从鼻梁开始就被一条宽大的藏青色围巾包裹住，露出一双深邃犀利的眼睛。那双眼睛里，闪烁着一种可以被称之为魔性的东西，温格猜想他不是普通人，其实她也不觉得他是人类，但是和此时在夕阳下包得严严实实的未来相比，裸露着半张脸和双手的不速之客，又显得不那么像吸血鬼。

温格小说电影看多了，但是一直都不明了各种作品中频繁出现的“杀气”是个什么样的概念，而今，她觉得自己就在男性那双魔性的眼睛中明白了。

太阳只剩下五分之一，夜幕即将来临。

未来和面前这个不速之客面对面站着，气氛越来越紧张。

路灯已经亮起，那是夜之交响曲的前奏。

溺水男孩睁开虚弱的眼睛，和同伴一起疑惑地看向这边。

两个蒙面男子之间，暗潮汹涌。

“他……是找你的吗？”温格小声问未来。

未来没有回答温格的问题，只是过了一会儿，用力推了她一下。

温格有所感应，像是被上了发条的机关兔子，噌地向边上跑去，也就在这时，陌生蒙面人一转手里的剑，直直冲向未来。

战斗一触即发。

那是肉眼无法捕捉的速度。

温格的猜测得到印证，忽然出现的男性必然不是普通人，他的目标绝对是未来。但他到底是谁呢？好不容易落下的一颗心再次悬起。

蒙面人和未来迅速缠斗在一起。温格只能看到，一青一黑两条身影如龙卷风一般，一会儿天上一会儿地下，在湖边打得不可开交。刚睁眼的溺水男孩看到两条影子在面前窜来窜去，眼一花，又昏过去了。

温格急忙冲上献血车，冲阿基德大喊："这是怎么回事？"

"来刺杀殿下的人。"阿基德坐在驾驶座上如是说。此时的机器人先生就像看惯生死的智者，声音没有一点儿起伏。他甚至打开献血车中的音响设备，听起甲壳虫乐队的摇滚来。

献血车中欢快的乐声与车外清晰的打斗声形成鲜明对比。

温格瞠目结舌。"我觉得你是不是应该出去帮帮忙？"温格愣了半晌，说。

"抱歉，为了防止我系统失灵后太难控制，制造我的人没有给我编进战斗程序。"

"那，那怎么办？"温格手指窗外急得跳脚，"那个刺客有剑，可是未来身上没有任何武器，形势很不利啊。而且，刺客的剑是银质的吧？吸血鬼被刺中，会很危险吧？"

阿基德淡然道："殿下在31世纪是战无不胜的将军，刺客这点小事难不倒他的。"

温格也顾不得思考阿基德的话，扭头看向窗外胜负难分的缠斗，焦急地跺了跺脚，说："我不管，我得想办法帮未来。"然后温格就在车厢里翻找起可以做战斗器具的东西来。最后她发现，好像还真的没什么可以当作武器。

就在温格考虑要不要捧着两个针筒冲出去的时候，未来已经上了车。阿基德很有默契地一踩油门，车子迅速驶离湖边。温格最后看到的，是窗外那个求救男孩明显没回过神来的呆滞表情，蒙面人则不翼而飞。

天早已完全黑下来。未来终于可以无所顾忌地坐在车厢中央，悠然地整理衣物。

"未来！"

温格注意到，有暗红色的液体顺着未来的小腿流下。

未来穿着黑色的裤子，所以待血液滴落在地面上，温格才猛然发现，不由失声惊叫。

未来从容撩开裤管，触目惊心的血渍中，一道极深的伤口在她的视野中慢慢愈合。

“刚才不慎被银剑刺中，不是大伤。”未来说着，又看了看自己皱缩焦黑的手背，极是漫不经心，“不过太阳的晒伤，看来要一夜才能痊愈。”

温格惊魂未定：“都说吸血鬼的天敌是太阳和金属银，原来两样东西的危害程度，还不一样。”

未来灰薄的唇挂着浅淡的笑，他用细长的手指点了点心脏的位置，柔声道：“其实都差不多。如果让金属银刺中这里，我就会立刻死去。”

一句不着重音的话，却让温格面色惨白。她匆匆跑到窗边，撩开窗帘，将脸贴在窗户上四下张望。

“刺客负伤逃跑了。我确定他短时间内不会再来，你不用担心。”未来抽过医药用品袋里的卷纸，若无其事地擦拭小腿上的血渍。

“你赤手空拳也能让他受伤？”温格回头看未来，面容忧郁，似是对未来的话十分怀疑。

未来无声地笑道：“是啊，我怎会忘记，在你眼中我是不堪一击的低等吸血鬼。”

“嗯……”温格窘迫，“也就是说，其实你很强？”

未来凝望温格的眼睛：“这么说吧，温格，我们王室吸血鬼是所有吸血鬼种群中血统最古老的，拥有最纯正的黑暗力量。”

“那想必刺杀你的人也并非一般。”

“的确。我认得那位刺客的剑。他是从31世纪追来的。”

“原来如此。他是你的‘老朋友’。”温格的眼神更忧郁了。为何未来可以那么平静？她都快担心死了。从一千年以后追过来的刺客，那得有多恐怖？如果一不小心在异时空发生意外，那……温格心乱无比。

而面前，未来修长的手指将用过的纸巾卷成一团，柔声说：“那位刺客，是被我的敌人制造出来的‘混血儿’，拥有人类和吸血鬼的双重基因。人类和吸血鬼因为生殖隔离，无法生育后代，不过在我们那个时候，通过基因手术，可以人工造出一个半人半吸血鬼的混血儿。如你所见，他拥有吸血鬼的怪力，却不会被太阳灼伤，生命和人类一样短，食物可以是血液也可以是人类的食品。在我们那个时代，这样的孩子经常被培养成特工或刺客。”

未来顿了顿，又道：“加上这次，他算是刺杀我三次了。他是唯一一个执行任务那么多次却没被我逮住的杀手，的确技艺非凡。如今在21世纪碰到，也算是一种缘分吧。我想我还会再见到他的。不过，不是现在。”

听未来解释完刺客的情况，温格陷入长久的沉默。一双纯美的眼中，慢慢地盈满泪水，显得无比委屈。

剔透的泪珠大滴大滴地滚落在少女的双颊，水晶般碎裂在地上，未来无法不动容。“可以告诉我是什么理由吗？”他站起身，走到温格身边。她好小，就像一只无家可归的雏鸟，浑身都在轻微颤抖。未来想擦拭掉她的泪珠，手指停在半空中却迟迟无法下落。他在想，是否因他是吸血鬼，而带给她太多无法承受的东西？有那么一瞬间，他担心自己毫无温度的手指，再轻柔，也还是会伤到她。最终，他只碰触到她湿润的睫毛。

温格抬起眼，看他：“未来，你这种处境太让人担心了。”

未来犹豫一下，还是将温格紧紧抱入怀中。人类少女的身体是温热的，紧紧抱住，就像怀揣一颗小小的太阳。冰冷的心脏，也会有被融化的感觉。

那是久违的温馨的感觉。三百年来，鲜少感知的触动。

“笨蛋未来！”温格哭喊，“你不是王子吗？为什么要一个人来21世纪？这样不是很危险吗？”

“正因为危险，所以我的父母明令禁止我穿越时空。我是偷偷来的，因为我喜欢一个人的冒险。”未来扶温格坐到椅子上，微笑着说，“而我不后悔。落入焦糖夫人手中或许算是一场噩梦，但好在我遇到一只特别的小幽灵，这就足够快乐。”

听闻未来那么说，温格忍不住，还是破涕为笑。

她感觉到了，吸血鬼王子冰冷的躯壳下，是异常温柔的灵魂。

第四章

·晚宴 月光下的恶作剧·

1

未来一行有惊无险，顺利到达拍卖会场。

会场门口，阿基德借口守车，坐在车上就没有下来。未来挽着温格推门而入。

未来已给温格打过预防针，来拍卖会的基本都是吸血鬼。此时场内人满为患，喧嚣异常。

一场拍卖会就像一场盛大的演出，奢华的房间内，巴洛克风格的水晶大吊灯下，神态各异的吸血鬼轮番上阵。站在墙角壁画处眼睑低垂的绅士自始至终都没有笑过，苍白的面孔更衬出眼眶下的浓重阴影，他曾经度过的漫长光阴，一定不那么快乐。在走道上谈笑风生的女吸血鬼似乎也如未来一般刚成年，她看起来充满活力，不知疲倦，仿佛可以一直和女伴聊下去，直到夜的尽头。一对夫妇此时正手挽手地坐在角落，目光安详柔和，当温格投去视线，他们报以礼貌的微笑，点头的幅度都是一样的，想必是做了好几年，甚至好几百年的夫妻。

这是吸血鬼的聚会，夜晚的盛典。人类对此一无所知。

世界的另一种机制就在眼前运作，灯火辉煌，宛如异世。

然而温格猛然发现，无论是多尊贵优雅的吸血鬼，看她的眼神都是那般矍铄，就像在看一盘美味佳肴。

吸血鬼天生就有在同类中辨识出人类的能力。

意识到自己的处境后，原本大言不惭说自己绝不会害怕的温格开始后悔。她情不自禁地更紧地挽住未来的手臂，即便同样是吸血鬼，即便同样拥有诡谲的眼神及毫无温度的身体，但是身边这只吸血鬼让她极是放心，就像放心绿色无公害蔬菜那样。

未来进了会场便脱下风衣，一身刚换上的正装没有血渍，搭配上细长的手杖英气无比。

未来瞥一眼身边的温格，她娇小，紧张，紧紧地抱着他的手臂，倾尽全身重量，就像挂在一棵大树上。

“未来，好像来这里的人类真的很少。”温格不安地说。

“一个人类若想进入我们的世界，必须要一只可靠的吸血鬼作为介绍人。

所以有机会光临吸血鬼集会地的人是极少数，要算概率的话，大概是十万分之三。”未来用手杖顶了顶帽檐，微笑着说。

“看来我很幸运。”温格依然不放心地吊在未来身上。

“你抱那么紧，反而会让更多的吸血鬼注意到你。”未来有些无奈，如是叮嘱温格，“别担心，我会保护好你的。”温格不言，抱着未来的手反倒加重了力道。

两个人穿过狭长的走道，坐到会场的第三排。

“你在拍卖会有想拍的东西？”温格问。

“当然。你猜我想拍什么？”

“帽子。”

“被你猜对了。”王子殿下略显失望地以手托腮，撩高一边的眉毛下，一双银灰色的眼睛斜睨着温格，“就那么没有悬念？”

“好像还真没什么悬念。”温格照实说。

灯光渐暗，拍卖即将开始。

原本站在走道上的吸血鬼纷纷落座安静下来，一时间，拍卖会场上的阶梯状坐椅鲜有空余。

温格回过头去，看到坐在他们身后的吸血鬼皆有意无意地将目光投注在她身上。温格轻叹一口气，将原本握在手里的相机放下。她怕成为吸血鬼的公敌。

吸血鬼的拍卖会，多好的素材呀。舍弃了真让人不甘心。

夜晚的世界，果然只能成为秘密。

不久，栗色头发的俊美主持人走上台，只致一段简短的欢迎词，就宣布拍卖会开始。

首先登场的是一只有一百年历史的奥地利手工小提琴，被以一千万美元拍下，紧接着是紫水晶高跟鞋、苦艾酒酒杯、中世纪戏服，琳琅满目的拍卖品竞相出现，并且以惊人的速度被拍走，于是，温格期待的高潮很快来临。

“锵！”一顶插满羽毛的宽檐帽出现在众人面前！

温格被吓得差点儿坐到地上去。这是帽子吗？也太夸张了吧，究竟是哪位艺术家如此有想象力做出这种帽子，什么羽毛都插遍了！简直就是世界鸟类体毛的收集册！一般人绝对不敢戴出去的！

温格心惊胆寒地，小心翼翼地，转头去看身边以手托腮的俊美王子。他的表情依然平淡而超脱，只是那看着帽子的眼神，就像看到一只无比肥美的鸭子。

温格于是悲伤地肯定王子殿下对这顶帽子很感兴趣。

未来，还真是什么帽子都喜欢啊。

温格无声无息地瘫软在自己的椅子上，只听主持人字正腔圆地介绍："这顶帽子出自18世纪法国手工艺人之手，充分体现了当下最流行的洛可可风格，一度是蓬帕杜夫人衣柜里的宠儿，起价十万美元。"

"二十万！"一个过于尖厉的声音自后排蹿起，让温格猛地一震。她回头，看到开口出价的，是一位打扮得像鸵鸟一样的美少女，她浑身插满羽毛，直让人联想到阿兹特克人的羽蛇神。

不得不说吸血鬼活过百年爱好审美果然达到另一种境界，普通人依然不能理解。

这是一场怎样悲壮的拍卖？王子殿下居然也会有竞争者。

除去所有主观因素，温格很想说，那少女比未来更合适这顶帽子，且合适极了。如果神能再赐予她一双翅膀，她就是货真价实的鸟类。

"三十万。"未来好听若管风琴的声音里，带着一抹罕见的狠厉。

"四十万。"温格额头滴汗。到底是有钱人，四十万美元是何等的天文数字，居然用来买一坨鸟毛，实在是……

"五十万。"

……

终于，王子以两百万美元买下了他心仪已久的鸟毛帽子。

"这下我们可以回去了吧？"温格心情复杂地用手肘捅了捅未来。

"别急，后面还有五顶帽子。"未来斜倚在座位上，看起来完全不想走。

"我去看看阿基德。"温格终于投降。她忽然觉得陪未来参加拍卖会就是个错误，她根本就不该来。此时此刻，她深刻感觉到阿基德有所准备地坐在车内而不入场是多么明智的选择，看王子殿下参加拍卖实在过于触目惊心。

温格也不等未来答应，就一个人溜出了拍卖会场。户外夜风习习，温格只穿一身单薄的礼服，还真觉得有些冷。

温格一下就找到了未来那辆极为显眼的献血车，晃到紧闭的门前，张望了一下，似乎没人？

“阿基德？”温格疑惑。车好像被锁住了，阿基德也不在车上。她用力拍了拍车门，没人理她。

这是什么状况？

温格抱着手臂在献血车旁来回转悠。

难道要她再回去看未来抢那些天价帽子？除去这个不说，待在一群吸血鬼中也不是那么好受的啊。

温格左右为难之际，却听见一声细微的、不同寻常的声音。

2

好像是轮子的滚动声。

温格循声望去，只见阿基德迎面走来，他身边是一个坐在轮椅上的瘦削男子，还有一位身形魁梧的棕发男人。

坐在轮椅上的男子有小麦色的头发和冰蓝的双眼，整个人空灵得仿佛遗世的精灵王。温格从来没有见过如此漂亮的人。那是一种圣洁而不容侵犯的美，极为纯净。他双手静静地垂在轮椅把手上，挺直了腰板，这个姿势更像是坐在宝座上的国王。一位管家模样的姑娘，穿着毛呢长裙，戴着墨镜，在他身后推扶着轮椅，容颜肃穆。

至于另一位棕发男子，则拥有完全相反的气质。他身姿高大，步伐慵懒，就像一头饭后散步的狮子，略显玩世不恭。

“温格，你怎么出来了？”阿基德问。

“未来还在拍卖会场呢。”温格露出苦笑，“我实在熬不住就出来了，没想到帽子能让未来兴奋成那样。”

轮椅上的男子用弯曲的食指顶住鼻尖，轻声笑了出来。

“抱歉，温格，我没想到你会出来。之所以离开，是为了迎接我的主人，以及主人的朋友。”阿基德指了指轮椅上的男子，“他是我的主人，也是制造我的人，你可以称他为蝴蝶金伯爵。”继而，他又指了指棕发男子，“他叫威廉卡尔，是主人的挚友，一位出色的琴师。”

温格犹豫了一下，还是带着紧张的笑容走上前。

“我听说，未来最近一直和一个人类小女孩在一起，想必就是你。”伯爵微笑，冰蓝色的眼睛中闪烁着友善的光芒，这让温格松了一口气，心下颇为敬慕。

原来，这位如此友好的绅士，就是制造出阿基德的人，那么厉害的一个人。

温格拉着裙角倾身行礼：“你好，我叫温格。很高兴见到你。能否冒昧请问，你身后的是否也是你做的机器人？”那女管家和阿基德一样，不善表露情感。

“的确是这样。”男人微笑，礼貌伸手，温格不明所以，却还是将手放到了男人的掌心，如此冰冷，正是吸血鬼的皮肤。

男人将温格的手托到唇边轻轻一吻，眼角滑落一丝如风般的恬淡笑意：“你好，漂亮的小姐。我姓金，大家都称我为蝴蝶金伯爵。吸血鬼伯爵。”他一低头，就有淡淡的花香钻进温格的鼻腔，极是好闻。

伯爵并不同于会场中的众多吸血鬼，他看她的视线，没有贪婪，没有好奇，他的视线让人联想到茫茫雪原，高洁无欲。

但是温格好疑惑。一直以来，吸血鬼给她的印象是强大的，神秘的，无所不能的，如未来一般，不易被人看透。

但是为何面前的吸血鬼伯爵，竟然需要轮椅呢?

吸血鬼拥有常人无法想象的自愈能力，所以，阻止一只吸血鬼直立行走的是奇怪的病症，还是……

温格猜不出答案，也知道这个涉及个人隐私的问题不能多问，于是她只能沉默地打量着伯爵的双腿。伯爵的双腿沉睡在裤管里，以一种不自然的姿势并拢在一起，一直未动。

温格又抬头看向琴师威廉，有片刻踌躇。威廉一双棕色的眼睛蕴涵着强大的力量。在身形高壮的他的面前温格觉得自己就像遇上狮子的小兔子，她恨不得挖个地洞就钻进去，逃跑的欲望非常强烈。

然而她不能这样做。她硬着头皮对威廉微笑，威廉亦对她微笑，那是一种略带玩味的微笑，就像主宰命运的神在看掌心中的爬虫。

“你好，威廉，我是温格。”温格抓了抓裙摆，伸出手去。幸好威廉没有太为难她，只和她简单握了握手。威廉的手十分冰冷，这说明他无疑也是吸血鬼，除此之外，他的手掌还极为宽大，那是货真价实的狮掌。大概这样的手掌对于琴师来说非常有用，古典主义时期最著名的作曲家巴赫，就拥有能横跨十二个钢琴键的大手掌。

温格在想，到底是在一群吸血鬼里陪未来看拍卖会好呢，还是在这里应付两只突然出现的吸血鬼好呢，似乎怎样都不容易。

“请问，为什么称呼你为‘蝴蝶金’呢？是因为你很喜欢养花，总是和蝴蝶在一起吗？”片刻的沉默后，温格问伯爵。

“其实我就是蝴蝶。我离不开花。”伯爵微笑，眼中吐出一丝丝的渴望。

这是个极美的解释，温格如是想。

“你见过阿基德的花艺吗？”伯爵问。

“见过。阿基德是个很可爱的机器人，他的手艺十分精湛。”然后，温格就瞄到阿基德羞涩的表情。他是如此率真，哪怕受到一点点的赞誉，都能立刻反映到脸上。伯爵真是太厉害了，居然能做出如此可爱的机器人。

“其实伯爵比我更专业，你要去过他的花房就知道了。”阿基德小声说。

伯爵凝望温格，笑意更深：“我替阿基德感谢你的夸奖，你也很可爱，你的礼服十分漂亮。”

这次，轮到温格有些脸红了。她低头看了看自己的衣服：“这是未来给我选的。我也觉得很好看。”

“说起未来，我们就是听说他也来拍卖会，才想过来会会他。”伯爵看了威廉一眼，两个人相视而笑，颇有那么点心照不宣的意味。

“你们和未来很熟？”

伯爵若有所思道：“我和威廉，长时间负责接待远道而来的小王子。有时候，我真不希望和未来那么熟。未来穿越到21世纪已经十多次了，想当初，我并不知道他是制造麻烦的高手。”伯爵如此说着，威廉也跟着笑出了声。威廉似乎不爱说话，他更喜欢在一边静静地听他们聊天，是位极其内敛的艺术家。

“未来原来来过那么多次了啊。”温格感慨，“他都来干什么？”

“玩啊，考察啊，都有，他来常不干正事，有时候真的就是纯粹来捣乱的，别看他平时装得那么正经。”伯爵一脸平静地说着未来的坏话。

“未来说，这次他要为妹妹搜集血液。”温格不动声色地帮未来说话。

“哦，未来的妹妹矜天。”伯爵点头，神色有些复杂。他沉吟片刻，带有探究意味的目光就落在温格身上，“你现在想看看未来的妹妹长什么样吗？”温格当然不会拒绝了，她一直在心里模拟那位银发公主美丽的模样。

伯爵对身后的女机器人做了一个手势，女机器人便将一台小巧的平板电脑递给伯爵，伯爵翻到一张照片，温格忙不迭地凑上去看，登时如五雷轰顶。

天啊，这，这……实在是和心目中那个银发的娇弱公主有些反差。

公主矜天的确是闭着眼睛，睡在一张冰床上的。她也的确如未来那样，拥有一头美丽的、闪闪发光的银发，但是不太幸运的是，她的身材实在有些令人失望。矜天不知受了什么诅咒，身体完全就是一个肉球，脸胖得都有了三个下巴，脖子早就被下巴和胸脯挤没了。温格沉浸在震惊中有些回不过神来。

“这是个不幸的姑娘，她的身体对31世纪饮食习惯奇差的人类有过于敏感的反应。只要喝那些人类的血，她的体重就会无限刷新上限，医生只好把她冷冻起来，直到找到能帮助她的方法。”伯爵不无感慨地解释着。

“不过像她这种身材的吸血鬼，据说31世纪还挺多。”一直默不作声的威廉忽然说话了。

温格只好苦笑：“看来那个时候的人类饮食习惯的确不好。”

“真是令人忧虑呢，以后的世界。”最后，伯爵如此总结。

3

“小未来怎么还没有出来。”伯爵一抖手腕上的银表，蹙眉看了看时间，“我本来想和他商讨一些时空机的事，那东西制作起来十分麻烦。”

“原来未来是把时空机拜托给你了呀。”温格顿时更加崇拜起伯爵来，双手合十在胸前，“伯爵，你真厉害。”

伯爵谦虚道：“小未来不是第一次来21世纪探险，前一次，他为了以防万一，留了一份时空机的样图给我，我可以模仿着做出来，所以，说厉害不敢当，都是图纸的功劳。”伯爵笑起来是极美的，只可惜他的言语与肢体中却带着无可摆脱的病态，如一株饱受病虫侵蚀的梅花，让人疼惜。

想必这一切，都是因为他的双腿。然而，究竟是什么使伯爵无法直立了呢？温格在伯爵身边，无法阻止自已去思考这个问题。

“伯爵，这么说，你岂不是能随心所欲地做出时空机来？”温格又问。

“时空机毕竟是31世纪的东西，必须慎重。我不会贸然做出它。不然，后果将不堪设想。”伯爵一手搭在扶手上，神态安然。他极为乐意亲近人类少女，举止随和，向她耐心讲解她所感兴趣的话题。

“难道你就不会好奇吗？”温格诧异。

“我已经有八百岁了，哪能对什么都好奇。”伯爵又笑起来，“而且，这八百年来，有足够多的事例告诫我，我并不该事事好奇。”

温格暗暗吃惊。伯爵居然有八百岁了。他的外貌和未来差不了多少，甚至看起来，还比实际年龄仅为十三岁的阿基德小。

吸血鬼的外貌怎么看都觉得像是在和普通人类开玩笑。

八百岁啊。真是奇妙，一只吸血鬼，就像一座会活动的人类历史里程碑。

“然而我觉得好奇心很重要。”温格说，“牛顿就是因为好奇才成了物理学家，这样的例子不计其数。”

“你说得很对，温格。牛顿是人类历史上不容忽视的存在。但是科学家可以带来荣耀、飞升，却也可以带来毁灭。这都是好奇心的驱使。”伯爵微笑着轻轻一挥手，“算了，你就当我没有说过。你不到我这个年纪便不会了解身上负担的责任有多么重大，有时候，为了保全一切我们想要保全的，我们必须以最谨慎的方式活下去。”

“我的确没有这个荣幸了解到你所说的责任吧。”温格笑笑，“我肯定活不到八百岁。”

伯爵朗声大笑，而后略带试探地看着温格。

“你想变成吸血鬼吗？”他问，“或许你可以请求小未来，让你成为我们当中的一员。”

温格注意到伯爵哪怕是大笑，动作也是极尽柔和的，略显羸弱的。

伯爵如此聪明，却无法拥有健康，让人惋惜。

“让我变成吸血鬼？那还是算了吧。”

温格想到要立刻舍弃自己的人类身份，还是本能地拒绝了。她脸上无修饰的惊恐，让伯爵又是一阵低笑。

“温格，你真可爱。”伯爵微微点头，嘴角有浅淡而忧伤的笑意，“你敬畏生命。这点很好。我想，我知道为何未来会愿意在你身边了。”

温格有些窘迫也有些迷惘。是吗？原来她还有敬畏生命这样的优点呀！她活了十四年才知道。不过这个优点有什么用处呢？

“温格，你听说过平行宇宙论吗？”伯爵又问。

“没有。”

“那个理论是说，如果一个人从甲世界，穿越到乙世界，那么多了这个人的乙世界，其实不再是乙世界，而是被改变后的丙世界，同理，甲世界也不再是甲世界，而是缺少穿越者的丁世界，等穿越者再穿越回来，那就是另外一个世界。”

伯爵的一番话，让温格陷入沉思。

这是个有意思的理论。好像穿越时空，远比她想象的复杂得多。

未来穿越时空十多次，说不定，就在不经意间创造了许许多多的空间。

那么，空间是否会饱和呢？还是，穿越者能随心所欲地想创造几个就创造几个？这些都是未知的问题。

“时间是一种怪东西，在不知道它的副作用前，还是谨慎为妙。”伯爵语重心长，“虽然见到未来很开心，但我见他一次，总会忧虑一次，穿越毕竟还是一项危险而浩大的工程。”

是吗？

危险，而浩大。

温格望着伯爵冰蓝色的眼睛。

那双无杂质的眼睛，冷静地旁观着一切，如同超凡脱俗的精灵王。

所以其实她能和未来相遇，是建立在无穷的巧合与困难之上的，不是吗？

需要更加珍惜才好。

“唉，我想得太多了，其实我只要操心一些机械上的事就好，机械师才是我的本职。”伯爵笑了笑，没再说话。

不久，未来出了拍卖场。然而他不是一个人，而是挽着一位身姿窈窕的美少女。

温格定睛一看，那不是别人，正是在拍卖会上和未来争夺帽子的鸵鸟小姐。

一瞬间，温格又想要晕掉了，试问这个世界还有什么比两个审美独特的人凑在一起更可怕的呢？就好比李奇和焦糖夫人凑在一块危害社会……哦不，简直不堪设想。

未来握着手杖走来，目测温格完好无损后，便微笑着看向伯爵。

“伯爵，想不到会在这里遇到你。”

“王子，这么看来，你一路上好像并不怎么太平。”伯爵眼尖地注意到未来手背上有太阳灼伤的痕迹。

“嗯，不小心弄伤的。”未来不着痕迹地跳过这个问题，随即望向威廉。

温格注意到，未来银灰色的眼睛，在看到威廉卡尔的那一瞬间，变得异常幽暗，如同无底的沼泽，不容纳一丝光线以及希望。

那是纯粹的黑暗，躁动着吸血鬼的戾气与狂暴，仿佛千军万马奔腾而过。

这样的眼睛，温格从未见过。

然而那仅仅是一瞬，仿若错觉。

很快，未来又露出一个镇静如常的笑容，向威廉打招呼。

“你好，威廉。”

威廉像是完全没察觉到未来的异样，回以一个微笑。未来与威廉对视良久，平静无波的视线里似乎涌动着什么不一样的情绪。温格迷惘，然而未来的视线很快又转向伯爵，带着点兴师问罪的意思：“你们刚才在和温格说什么？”

“只是和你的小女伴闲聊而已。”伯爵回答。

“我想应该不是在说我的坏话。”

“未来，这些都是你的朋友？”此时，像是一块橡皮糖一样黏在未来身上的鸵鸟小姐，终于忍不住被忽视那么久，出声证明自己的存在。她嗓音柔美，举手投足间既有吸血鬼的贵气，又有少女的娇蛮。

未来就给双方做起介绍来。温格了解到，鸵鸟小姐名为米歇尔·舒安，一位吸血鬼大家族的掌上明珠。温格不喜欢她缠着未来的样子，所以也不乐意记住她的名字，在心里还是暗暗称呼她为鸵鸟小姐。

“未来是我在拍卖会上认识的朋友，我们志同道合，喜欢各种造型的帽子，我正要请他去我家做客。”鸵鸟小姐说完，昂头用傲慢的视线一扫众人，那视线仿佛在暗示，阻挠她的人会有大麻烦。

温格看了看大家的眼神，威廉依旧笑得饶有兴致，仿佛在看好戏。阿基德和女机器人面无表情，伯爵则像看失足少年一般忧虑地看着未来。

“小姐，我与你刚认识，就这样去拜访你家，看来不太合适。”未来微笑婉拒。

“我家有很多帽子。”鸵鸟小姐执意道，“你真不去看看？”

未来顿了顿，就说：“那我想和我的朋友一起去。”鸵鸟小姐自然一口就答应了。

“未来，我忽然想到家里还有一些机器人要修，下次再找你谈时空机的事，告辞。”伯爵话音刚落，女管家机器人就推着轮椅果断离开。

“再见。”威廉摆了摆手，也跟着离开。

如此，未来两个21世纪的好朋友，皆弃他而去，临阵脱逃。

未来看了看阿基德，又看了看温格。

“我的这位人类小朋友要早点回去睡觉，我还是带她回去吧。”未来权衡再三，还是推托。一瞬间温格感到一股冷冽无比的寒流席卷全身。她不可抑制地哆嗦起来，一抬头，果不其然，鸵鸟小姐正瞪圆了眼睛看着她。

和一只吸血鬼结仇，并不是件愉快的事。

“未来，我想去这位小姐家做客。”温格弱声弱气地说，“你……带我去吧。”

未来沉默。

鸵鸟小姐就当他是默认，欢呼一声。

4

阿基德启动献血车，向鸵鸟小姐报的地址开去。

鸵鸟小姐对未来的献血车好奇不已，一路上都拉着未来问这问那。她和未来坐在车中聊得热火朝天，将温格晾在一边。温格只好来到车头找阿基德。

“你说，明明刚相见的两个人，怎么就能聊得好像多年未见啊。”温格嘟囔。

“物以类聚。”阿基德的回答极是精练，“与殿下不同类的你及我，当然不了解其中的乐趣。”

温格轻叹一口气，此时更加觉得，阿基德与她真是一对难兄难弟。

“未来如果要回去他的世界的话，你也不会住在我家隔壁了吧？”

“当然。我只是个接待员，王子的接待结束后，我就会负责照顾其他从未到达过21世纪的吸血鬼。”阿基德直视前方说。他冷硬的面孔永远无法让人读到他的思绪，也就没有人知道，他钢筋铸就的脑袋里，都是在想些什么。

循环往复的接待，遇到形形色色的人，碰到错综复杂的事，这样的工作，似乎也很有趣。但是一到分别，总还是会寂寞的吧。

“未来走后，我就没法再看到你了吧？”

对于温格的这个问题，阿基德的回答是沉默，也只能是沉默。没有人能够预料未来。

而温格知道，阿基德这样的机器人，其实本就不该出现在她的世界里。

两条平行线，因未来而有了交点。但这样的交点更似意外。

温格心念一动，从脖子上解下一条项链。那是十岁时妈妈送给她的生日礼物。项链坠子是一只展翅飞翔的小鸟，她一直非常喜爱。

温格双手举着项链，郑重地递到阿基德面前：“喏，我们人类呢，总是很重视回忆，重视感情的。我不知道你何时会从我身边消失，说不定哪天，未来回到属于他的世界后，你就会悄无声息地离开。我希望把这个留给你，以后你看见它，就会想到我啦。”

虽然不确定阿基德是否拥有感情，但是温格知道，他和她不是同一个世界的人，终会毫无交集，只希望那时还有美好的记忆，永久保存在身边。

阿基德黑珍珠一样的眼睛一瞥项链，半天没有反应。

温格有些担心："怎么……你……不喜欢？"

阿基德摇了摇头，趁红灯时，从西装口袋里摸出一枚金色的硬币，他成熟英挺的面部，忽然就泛起了红晕，这次红得尤其猛烈，都泛滥到脖子根。一双黑珍珠一样的眼睛里，有了小孩子般的不安。

"温格，我用这枚硬币换你的项链吧。"阿基德小声说，"我从来没有收过礼物，不知道如何回礼。"

"没事的，你不回都没关系。"温格心下很是好奇机器人先生的礼物，接过硬币一看，正面居然是一座教堂的图案，而且这教堂还非常眼熟。

"巴黎圣母院？"温格轻声叫出来。

阿基德点头："蝴蝶金伯爵说我的身体部件有一些是来自巴黎圣母院废弃的纪念币铸币机。所以我有了意识后，就去巴黎圣母院买了一枚纪念币回来。这枚硬币，一直跟着我，我把它看成我最重要的部件。"

"这真是很好的礼物，阿基德。"温格兴奋地说。

"你喜欢就好。"阿基德这次的羞涩持续了很长时间，脸一直红红的。

"我帮你把项链戴上吧，以后你也要好好珍惜它噢。"

坐在驾驶座上的阿基德，向温格微微倾身。温格为他系好项链。

这是少女与机器人的约定。

无论以后，你在哪儿，我在哪儿。

无论以后，我们变成何种模样，以何种方式活在自己的世界里——

我们都不会忘记彼此，曾经相遇过。

5

十五分钟后。

阿基德、未来以及温格，落座于鸵鸟小姐客厅中的深红天鹅绒沙发上。

面前的鸵鸟小姐面露灿烂的微笑，而未来和温格都已被阿基德同化，面无表情，只在脑海里徒劳地想象下一场灾难会以何种形式出现。

未来交叠双腿，问道："那么，尊敬的小姐，请问你的帽子呢？"

鸵鸟小姐径自打开一旁的唱片机，在德彪西的乐曲中拉起未来："别只关心帽子嘛。你不觉得我们的相遇很值得纪念吗？我们先来跳一支舞吧。"

再迟钝温格也看出，未来的表情有那么点不情愿。未来是因为盛情难却才到鸵鸟小姐家的，如果硬要说还有一点点自我意愿的话，那也是因为帽子。至于跳舞，他必然没有想到。然而鸵鸟小姐那么热情，未来也就只好顺从，站起来任由鸵鸟小姐摆布。

如此不在乎他人想法的女孩，应是被大家族娇惯出来的。也罢也罢，看到未来比自已还不开心的一张脸，温格也就心理平衡了。

舞曲前奏刚过，鸵鸟小姐忽然惊叫一声，浑身一震，仿佛听到一个极其惨痛的噩耗。

"你怎么了？"未来问道。

鸵鸟小姐面露惋惜："哎呀，这么值得纪念的事，我应该穿更豪华的礼服来跳舞的。"

温格本以为这下未来该爆发了，不料他对鸵鸟小姐极是温柔地一笑："我等你，你去换衣服吧。"听到这句话，鸵鸟小姐立刻欢快地抖着全身的鸟毛箭一般地飞奔上楼。

到底是王子，就是有涵养。温格托腮如是想。

"一定要等我哦。"鸵鸟小姐还不忘回头对未来嫣然一笑。

鸵鸟小姐一走，未来就迅速走向一旁的书架，举起一只墨水瓶，向阿基德轻轻摇了摇，笑容神秘莫测。

阿基德看着未来，隐约察觉到了自身的危机，戒备地问："殿下，你这是要干什么？"

"一会把墨水瓶打翻在鸵鸟小姐身上。"未来说，"她极其注重仪容，断然忍受不了衣服上有污渍。”

“但是殿下，为什么要我做如此失礼的事？”

未来眸色一暗，散发出王子不可侵犯的尊贵气场：“当然，是为了快些回去。”

阿基德面无表情地盯住未来，做无谓的挣扎：“殿下，您若不愿意来这位小姐的家，直接说好了，为何要为难我做恶人？”

未来不正面回答：“就当帮我一个忙，回去303室，你想怎样种花，我都不管你。”

阿基德站起来，默默地将墨水瓶放回原位。如此，算是交易达成。

极想炫耀自己品位及气质的鸵鸟小姐盛装走出更衣间时，远没有料到，等待她美丽衣物的将会是一场“浩劫”。

果如未来所料，当阿基德假装不小心碰翻了盖子没拧紧的墨水瓶后，一贯神色倨傲的鸵鸟小姐，发出一声惊天动地的尖叫，她咬牙切齿，阴寒着一张脸，慢慢扭头看向阿基德，那愤怒的眼神就像在看命运中的宿敌。

一瞬间，客厅里鸦雀无声。

鸵鸟小姐猛地向阿基德扑去，阿基德眼疾手快，迅速逃向隔壁的房间，两个人撇下未来与温格追打起来。

未来悠然地坐到温格身旁，交叠起双腿，一脸平静，置水深火热中的阿基德于不顾。

“你这样对鸵鸟小姐好像太残酷了。”温格说。

“尚未成年的吸血鬼，尤其是她这种在大家族里受尽宠爱的温室花朵，需要一些外界的刺激才能成长。”未来面露圣洁的微笑，仿佛做了件天大的好事。

温格立刻领悟，原来在她面前一贯温柔绅士的王子，也有阴险狡黠的一面。看来以后得想方设法拉拢阿基德才是，不然，哪天被王子捉弄了也不知道。

不过说到阿基德……他好像，也一直在王子殿下的压迫中。

隔壁的房间不断传来“砰砰咚咚”的声响，格外清晰，战况的激烈程度可想而知。

“阿基德没事吧？”温格忧心地问。

“他是钢做的，没事。”未来道，“哪怕有事，让伯爵修一下也就可以了。”

“喂！”温格重重打了未来一下，“你很没人性唉！”

未来略带无奈地站起身：“那好，我这就去看看。”还没走几步，阿基德已经再次逃回客厅，差点儿与未来撞在一起。未来扶住阿基德，银灰色的眼瞳向后望去，就见鸵鸟小姐头发凌乱，极是凶神恶煞，手中高举一个巨大而沉重的花瓶。

吸血鬼天生具有异能，那个落地花瓶差不多和温格一般高，而此时，它轻而易举地被鸵鸟小姐高举过头顶，蕴涵着强大势能，眼看就要摔向阿基德。

温格大惊失色。

未来不得不喊停：“我可爱、高贵、迷人的小姐，能不能先暂时抑制一下你的怒气？我朋友失手弄脏了你的裙子，他可以向你道歉，然后我们来商定一个可行的赔偿方案。”

听未来如是说，鸵鸟小姐迟疑着放下花瓶。那毕竟是个古董花瓶，废在一个弄脏她裙子的恶人身上，太不值了。

温格双手托腮。说到底，他们本就不该来鸵鸟小姐的住处，但是回想起来，好像又是自己决定来的。原来自己才是这场闹剧的罪魁祸首……想到这里，温格心里升腾起对阿基德的无限愧疚。

鸵鸟小姐缓步走向未来，眼中怒气不减，恶狠狠地道：“赔偿？你知道这件衣服有多珍贵多稀有吗？你怎么可能赔得起？”

“他赔得起，尊贵的小姐。”阿基德稳了稳重心说，“因为他是王子。”

“王子？”鸵鸟小姐惊呼，“别骗我了，我见过王子，但绝对不是他这样的。”

“他是一千年以后的王子。坐时空机而来。”为了保住自身，阿基德非常乐意出卖爱欺负人的王子。未来在一旁不那么开心地看着阿基德。

“那你如何证明你的身份？”这时鸵鸟小姐怒气已消去大半，满脸狐疑地看向未来。

未来无奈地扫视四周，而后，拾起一个花瓶中已枯萎了一半的玫瑰。他用锋利的指甲划破食指，血珠滴在皱缩的花瓣上，顷刻间，玫瑰重获生命，妖娆绽放。

鸵鸟小姐震惊地僵立在原地，久久说不出话来。她知道，只有王室吸血鬼的血液，才有起死回生的超凡能力。从此，这朵玫瑰便不会凋零，千年不死。

“王——王子——殿下。”鸵鸟小姐结结巴巴地说道，眼中的嚣张气焰早已荡然无存，取而代之的，是彻底的臣服与惊惧。

未来用手杖顶了顶帽檐：“那么我们再来讨论赔偿的事……”

“不，不用了，殿下！请一定不要怪罪我的胆大妄为！或在一千年以后怪罪我的亲人！”鸵鸟小姐在未来面前双手合十，就差下跪，前后反差之大，让温格诧异。

于是就这样，未来一行终于从鸵鸟小姐家中解脱，踏上回家的路。

一路上，阿基德不是很开心，未来也不是很开心。最开心的是温格。她开心终于可以离开陌生的吸血鬼回到温暖的人类世界了。

车平稳前行，原路返回，途经湖泊，温格下意识地去看河岸，果然没有一个人。那个失足落水的男孩和他的伙伴，应是平安离开了吧。

但愿，一切都好。

温格回到家中，已是晚上十一点半。

“妈！你好温暖！”温格踏进家门就给温妈妈一个热烈的拥抱，温妈妈迷惘了好久。

6

温格拖着困倦的步伐走进自己的房间，刚想换上睡衣，一抬头，猛然发现威廉正悄无声息地站在她的窗台边，还是那一副慵懒姿态。

“你……”温格猛地拉上刚才在房间门口拉下的礼裙拉链，不知何颜以对。

威廉双手环胸，对她微笑：“你们做客的时间还真不长。”

“嗯……难道，你一直在这里等？”温格猜测着，就露出一脸震惊的表情。一只吸血鬼，在她的房间里藏那么久就为等她回来？她何德何能得以享受这份优待？

“差不多。”

“你是如何找到我家的？”

“未来难道没告诫过你，千万别小瞧吸血鬼的嗅觉。”

“也是。”温格挠了挠脑袋，尴尬地笑了几声。那种小兔子的感觉又回来了。身形魁梧的威廉，让她好紧张啊。

“我来找你，是因为我发现，未来看我的眼神似乎有些异样，不再如过去那般友好。”

温格沉吟：“原来你也发现了未来的异样。”

“嗯。自他上次穿越而来，他就刻意与我保持着一定的距离。”威廉棕色的眼睛在闪烁着，“可我一点儿不知原因。我来找你，就是想拜托你帮我问问未来，究竟发生了什么。我想如果是你，他应能坦诚相待。”

“说不定是你多心了。”温格不知道该如何安慰，这毕竟是吸血鬼间的友情，漫长、神秘的友情，没有她插足的余地。

“未来其实是个善于掩饰内心想法的孩子。他表现得那么明显，一定是有什么大事。”

温格“扑哧”一声笑了：“你说未来是孩子，那你究竟有多少岁呢？”话毕，温格又惶恐地补上，“这样问，是不是不太礼貌？”

“是不太礼貌。”这个冷淡的答案让温格很难过，不料，又听威廉继续道：“不过我并不介意回答你。”话毕，是一声轻轻的嗤笑。

“我有一千五百岁了。我诞生那年，埃及还没统一。”威廉说。

“你是埃及的吸血鬼？”

“世间的吸血鬼大多诞生于埃及，不过随着时光的流逝，兄弟姐妹们都各奔东西。”威廉的声音如历史的河流一般，宁静而深远。

“他们中有些被吸血鬼猎人消灭了，有些则下落不明。我应是十分幸运的，居然就活了那么久。”威廉笑了，笑容中也有哀愁，仿佛在笑世间的变化无穷，又在叹惋命运的折磨，“不过，说久也不久，其实就是一眨眼的工夫。”

一千五百年的时间，一眨眼的工夫。温格在床上抱膝而坐，年轻如她，实在很难懂得这句话的全部意义。

一眨眼，她出生的时代就成为历史。她化作尘土，世界就此迎来全新的31世纪。

“没有其他事的话，我就走了。”威廉的眼睛就像琥珀一样泛着美丽的光泽，“不过如果你觉得不方便的话，也不必帮我问了。”

温格轻轻摇头，也不知该说什么。

威廉笑了笑，眨眼间，就自温格的房间中消失得无影无踪。

温格重重呼一口气，仰面躺在沙发上，看着自己什么成果都未获得的相机。

总感觉，在不知不觉间，又揽下一项沉重的任务啊。

第五章

舞台 蝴蝶与旧时光

1

温格做了一场梦。

梦境中，闺房中的小书架跳起舞来，漫画、小说、习题册都变得如扑克牌一样轻薄，七零八落地自空中飘散，黑色的铅字如同蚂蚁一般，排着整齐的队伍在扑克牌上节奏一致地走着方阵。而散落的扑克牌后，浮现出一张吸血鬼俊美的面孔。

那是蝴蝶金伯爵的面孔。

他冰蓝色的目光柔美而忧郁，如同八百年时光一般寂静悠长。

温格慢慢就醒了。

自从阿基德在隔壁种了花后，每个黎明叫醒温格的，便是那阵让人欲罢不能的花香。温格有时会不无伤感地想，如果哪天阿基德走了，她会难以适应没有花香的房屋的。

转眼间开学工作告一段落，初冬的校园文化日即将拉开帷幕。

这对叶南初中来说，是个盛大的日子。

当天，学校将在操场搭建舞台，每个班都会表演一个精心准备的节目，争取得奖。奖项的评审结果，六成参考节目的精彩程度，二成看班级同学的参与程度，还有二成主要在于舞台下的人数。换而言之，要想在文化日得到好成绩，学生们不仅要努力排演，还要通知各位家长邻居，让他们也在校园文化日前来观看。当然这也不是说需要拉来太多人，坐满表演台下的位子，基本上就可以在“满座程度”这一栏上获得满分了。

温格在记者团里带了两个多月的新人基本上都出师了，这让她甚感欣慰，总算可以清闲下来，然而沈铭溪的忙碌才刚刚开始，校园文化日在近期算是各位班长的头等大事。

“天才沈，关于校园文化日你想出什么好点子没有，争取打败（2）班的芬尼克斯乐队啊。”闲来无事，温格就和沈铭溪聊起文化日来。

所谓的芬尼克斯乐队，成员全部出自初二（2）班，初一一建成便迅速风靡全校。去年的文化日正因为芬尼克斯登场，初二（2）班轻松夺冠，满座率及观众的激动程度皆是空前绝后。（2）班班长近来传出小道消息，（2）班今年的文化日也将由芬尼克斯重拳出击。为了得到进一步的可靠信息，温格还特地采访过乐队队长景年，景年一副志在必得的傲慢样子让温格有那么点不舒服。但不得不承认，景年也的确有傲慢的资本，他是学校的明星歌手，学习成绩也很优异。私底下，他一直没有停止过和沈铭溪争夺年级第一的宝座。景年和沈铭溪二人各有各的专长，沈铭溪擅长体育，而景年擅长音乐，两个人在学校内都有庞大的粉丝团，然而景年因为乐队风靡他校的缘故，粉丝团自然比沈铭溪庞大一些。

总而言之，文化日是两位天才少年的又一次真刀实枪的较量。沈铭溪不会想输的，而温格恰巧又不怎么喜欢景年的脾气，就非常乐意帮助沈铭溪战胜对手，两个损友终于站到了一条战线上。

此时，刘苏苏和温格满脸期待地望着沈铭溪，希望他多少透露些校园文化日的信息。而沈铭溪则阴沉着脸，手指玩弄着一块橡皮。半晌，班长大人终于缓缓开口道："我决定，文化日组织一出舞台剧，就以温格的鬼屋遭遇为蓝本，名字是《假面吸血鬼》。"

"啊啊啊啊？"温格无法阻止自己惊讶万分的叫喊响彻云霄。

这个意思是，让她丢脸丢到舞台上去吗？温格的脸都气白了。

"但是表哥，你会排演那么一出名字听起来很梦幻、很少女的舞台剧吗？"刘苏苏问。

沈铭溪深吸一口气，一甩手，干净利落地直指温格："我不会，所以导演是她。"

"啊啊啊啊！"温格忍不住又叫起来。

所以说这个学期对于温格来说一点儿不轻松。刚带完新人记者，又要被班长压迫着去当舞台剧导演，导什么不好，还偏偏是自己的糗事。

根据沈铭溪的要求，温格还非得将那惊心动魄的，至今想起来仍心有余悸的冒险经历改编成观众喜闻乐见的喜剧不可，女主角的台词与动作，还最好是能引人发笑的，类似于卓别林那样，苦中作乐。至于大反派焦糖夫人，则演得越夸张越好。

温格觉得沈铭溪实在太恶毒了，把女主角归为喜感型，不就等于让她自己嘲笑自己吗？唉，忽然不太想和他成为统一战线了。

放学后，温格在楼下停好新买的自行车，冷不丁地看见角落里有一个人蹲着。那放在身旁的滑板，实在太具有标志性了。

温格想到在献血车上昭拾对自己爱理不理的模样，决心不去管他，但走了几步，还是忍不住回头去看他，他一直蹲在街角，一动不动。

少年昭拾，他太桀骜、太倔强了，伤了别人，也伤了自己。

温格站定，撇了撇嘴，大声对着少年的背影喊道："喂，那边那个蹲着的，需要帮忙吗？"

昭拾理所当然没理她。

真是的，本来那个可恶的班长就已经够让人生气了，回家居然还碰到这么个死脑筋的人。新仇旧恨成股冒上来，温格一卷衣袖便走上前去，打算好好教导昭拾一下做人该有的礼貌，怎知，还未靠近，昭拾先有了反应。

如同火焰喷发，敏感的少年一跃而起，消瘦的身形直立在温格面前，倒把温格吓了一跳。

"像你这种在家里受尽宠爱的人根本什么都不懂！"昭拾如黑猫般灵动的大眼睛直直盯住温格，明显是在盛怒之中。

温格一时间呆住了。这是昭拾第一次正面应对她，却让她无论如何都接不上话。

昭拾愤怒地踩上滑板，滑了几步，就要远去之时，温格动作迅速地抓住他宽松的外套，硬生生地将他从滑板上拽下来，大声问："你刚才说的到底是什么意思！"然而被扯下来的昭拾却没有如温格想象中的那样反应激烈。他踉跄几步，依然背对着温格，默不作声。

"喂，你……"

温格握住少年消瘦的肩膀，将少年扳过来，居然看见少年猫一样圆润的眼睛中盛满了泪水。他咬住嘴唇，晶莹的泪珠大滴大滴地滑过窄小的下巴落入衣领。温格在无限的震惊中慢慢松开少年。昭拾用污渍斑斑的袖子擦掉泪水，默不作声地，再次踩上滑板，消失于温格的视线。

2

“是吗，舞台剧的导演啊，听起来真不错。文化日当天，我和爸爸一定会去的。”晚餐时，温妈妈一边往温格饭碗里夹菜，一边听着女儿说学校里的事。

“今天我下班回来的时候，碰巧看见了303室的邻居，是一个很高、很英俊的男人呢。”

温妈妈的话让正在喝汤的温格立刻就呛到了。

温格急忙问：“你说的那邻居……头发是什么颜色的？”

毕竟，阿基德和未来身高相仿，只是看起来年龄不一样而已。不过无论是谁，居然让老妈撞上了，不知是福是祸。这下可好，温格还在想着怎么和家人介绍那两位神奇的邻居，他们倒直接绕过她这个介绍人，热情相见了。

“黑色的头发。”温妈妈有些奇怪女儿会那么问。

那就是阿基德没错了。

“因为正巧看见他拎着做蛋糕的材料开门，所以我就上前打招呼了。我问阳台上那些花是不是他夫人种的，没想到他居然说是自己种的，真是出人意料啊！温格也真是的，其实早就知道了吧，就是不告诉妈妈。”妈妈的脸上满是惊喜，好像吃饭吃出了金子一样，而温格倒是不怎么开心，“这个知道了也不怎么样嘛。”

“我还请他来家里指点种花技巧了。夸奖他的时候，他还脸红了，真可爱。”

“你居然趁我没回家的时候，请他到我们家来？”温格头痛。老妈真是热情啊，就是不知道，如果她发现新邻居不是人类，会作何感想。总感觉隐藏秘密，其实是件格外耗费心神的事。

“我还问那位邻居是不是一个人住，他说，是和一个男性朋友住在一起，目前没有恋人的。这样一个体贴又帅气的小伙子没有恋人太可惜了。我打算把单位里一个小姑娘介绍给他认识。”

“妈妈！你千万不能那样做！”温格义无反顾地打破老妈完美的媒婆计划。明显地，温妈妈还不知道阿基德和未来的真实身份，要是祸害到别人，那可不得了。

"为什么？"温妈妈理所当然不服气了。

"因为他跟我说过暂时不想结婚。"事到如今温格只能随口乱编了。

"唉，男孩子大了都这样。"温妈妈无奈地叹气，似乎是放弃了。温格心中大石落地，便安心吃起饭来，怎知没吃几口，一直在旁边听的温爸爸开口了："我听说，最近小区里常开来一辆献血车，就是我们那新邻居搞的鬼。"

温格又是一噎。今天究竟是怎么回事，家里二老开始轮番轰炸了，不就是当了一次舞台剧导演吗，命运有必要这么惩罚她吗？

"邻居……他的妹妹需要血……他不得不尽快搜集……"温格小声说，为了掩饰自己的心绪，还不停往嘴里扒饭。

"哦，那一定是个大手术吧。不过那样搜集血液很不正规，会被处罚的。"

"人家急用，所以没有走该走的程序。"温格越说越心慌，幸好，温爸爸的盘问就此打住，也没有深究的意思。

这个时候温妈妈又想起来了什么，说："对了，我刚才听刘太太说，好像是昨天晚上，李婆婆因病去世了。这样一来，昭拾就彻底成了孤儿，不知道会不会被送进孤儿院，真是可怜啊，忽然发生这样的事，小孩子不知要过多久才能完全克服。"

在口腔里残存的温热饭菜，忽然变得苦涩难咽起来。起先温格只是觉得有那么点心凉，但是慢慢地，就回想起昭拾盛满泪水的大眼睛。那是一双怎样的眼睛啊，浓浓的哀伤像是铺天盖地的泡沫，捉不住，只能看着它噗噗冒出，越攒越多，慢慢吞噬少年整个消瘦的身体。

晚饭后，去楼下倒完垃圾，温格站在303室门前，犹豫片刻，还是伸手敲了敲门。

开门的是未来。他刚洗完澡，穿着深紫色的丝绒睡袍，露出苍白的颈项，一头银色的长发缀着水珠，落在肩上。

"什么事？"未来眯起眼睛，用手里的毛巾擦拭着头发，慵懒地倚靠在门框上，一双细长银亮的鬼瞳，打量着突然到访的小客人。

温格踌躇，手指拽住裤腿。

"未来，你还记得那个叫昭拾的少年吗？就是在车上，你没抽他血的那个。"温格鼓起勇气，仰起头来说，"一直和他相依为命的李婆婆去世了，他没了亲人。我——我不知道怎样做——所以，来找你。”

温格说完，又迅速低下头去，只听未来好听的声音没有起伏：“为何找我，我也并非万能。”如此干净简练，却毫无温度，这就是他的答案，仿佛晴天霹雳。

温格以为，哪怕拒绝，未来也还是会先安慰她一下的，因为她之所以来找他，不仅仅是因为他在她心目中很强大，也是因为他很重要啊。

温格僵在原地，觉得既苦涩又委屈。早知道就不问了，原来被拒绝是这样一种可怕的感觉。

“抱歉，我也有我的原则。我最不乐意管的，就是你们人类的生老病死。”未来垂下修长的银色睫毛，目光暗淡地看着眼前面色惨白的小女孩。蓦地，他就有些不忍。

她是他的小太阳，近在咫尺，他能感受到她身上喷薄而出的温度，此时此刻也在温暖着他。

温格这时终于才在未来充满威仪的口吻中彻底地领悟到，未来不仅是对她来说独一无二的存在，更是一位货真价实的王子。他可以收敛一切锋芒表现得平易近人，但这并不意味着他可以屈从自己的准则。他并非总能满足她，他完全没有必要留给人那样的印象。

然而即便如此想，她还是觉得很委屈，第一次听见未来如此冷漠地对自己说话，她实在难以释怀。

“温格，你听我说，每个人都要学会去面对……”

“但是昭拾只是个小孩子啊！他已经很辛苦了，如今遭遇这样的事，总不能见死不救。”温格打断未来的话，不屈不挠地盯住他，如同一只未吃饱的小猫，张牙舞爪。

“你要说的就是这个吧，那你可以走了。”未来轻叹一口气，作势要关门。她是人类，而他是吸血鬼，很多时候各有各的道理，仅是因为立场不同，多说无益。

温格默不作声，紧紧咬住嘴唇，也不说再见。

所以，这只会不欢而散。

“砰”，门在面前紧紧合上。

温格忽然又用力拍打起门来。

拍了三下，未来才又拉开门，银灰色的眼中有一抹无奈。

一人一鬼沉默对视，一时间谁都没有言语。

“我马上要去走访一些21世纪的贵族，如果你没有其他重要的事，或许可以请你下次再来。”未来停顿片刻，说。

“听起来……你最近很忙。”温格小声说。

“说正事。”未来一撩湿漉漉的头发，如是道。

温格深吸一口气：“下个月第一个星期的周三晚上是我们学校的文化日，我会指导一出舞台剧，希望你来看。”一句话自然流畅，毫无停顿。说完，温格心神忐忑地等着未来的答复。她一直是大大咧咧的性子，所以并不那么清楚如何进行一场恰当的邀请。

“再说。”未来听后，只是搁下简洁的两个字，再次关上了门。

温格忽然觉得，她其实一点儿也不了解这位王子殿下。

要是，他能来看她的舞台剧就好了。这会是她近期最想实现的愿望吧。

3

于是这几天，温格没有再见到未来，也不敢轻易打扰他。

初二（6）班的舞台剧《假面吸血鬼》很快进入紧锣密鼓的排练阶段。沈铭溪负责制作道具，温格负责导演，刘苏苏是助手，而挑选的演员则是班里的其他一些人。哪怕未来不来观看，这出剧也必须导演好。温格忽然有了这样一股倔强。

绝对不要输。

《假面吸血鬼》讲述的是这样一个故事：

一位痴迷吸血鬼的疯女人将一位可怜的吸血鬼囚禁在一所小房子里，每天靠向顾客展示吸血鬼来赚钱。一位善良的女孩无意中知道了吸血鬼的困苦，想解救他，却没有成功，连自己也被囚禁起来。在囚禁当中女孩一直没放弃逃跑的希望，最后，女孩的伙伴和女孩靠着聪明才智一同打败了邪恶女魔头救出了吸血鬼。

由剧本可知，这部舞台剧需要的重要角色一共四位，吸血鬼、反派女魔头、女孩，还有女孩的伙伴。而根据班长大人沈铭溪的要求，为了使舞台剧更出色、更吸引人，剧情最好是喜剧色彩再加点惊悚成分的。惊悚相较之喜剧比较容易，演员在表演当中时不时失声尖叫，或是露出惊恐的表情就足以酝酿气氛，但至于喜剧……这对演员和剧本的要求都很高。

经过讨论大家一致注意到，喜剧是否能演得出彩，关键在于女孩和吸血鬼囚禁期间的温馨交流能否打动人心，以及反派女魔头的演技是否足够精湛。女孩要足够乐观，足够机智，经常和吸血鬼讨论她想到的逃跑计划；而吸血鬼要足够大度，足够绅士，会在女孩想放弃的时候鼓励支持她。

至于反派女魔头最好会夸张地大笑，最好会对着镜子搔首弄姿，折腾出一个个令人捧腹的造型却仍然无比自信地认为全世界我最美丽，最好智商为零经常被女孩的一些小伎俩弄得莫名其妙，最好故事的结局是被女孩和伙伴折腾得狼狈不堪。

《假面吸血鬼》的女主角，也就是以温格为原型的女孩，是由初二（6）班最具表演实力的语文科代表江娜娜饰演，这个没有问题。男配角，以沈铭溪为原型的小女孩伙伴由一向阳光活泼的男生娄放饰演，这个也没问题。而男主角吸血鬼还有反派女魔头，这个可就有些难度了。最后，大家一致决定，沈铭溪演吸血鬼，温格演女魔头。前者成功入选的理由是人帅、脑袋好使、知名度也高，后者躺着中枪的原因是实在找不到其他合适的人了。

于是沈铭溪和温格这对冤家，自幕后硬是被人拽上前台。温格不知道沈铭溪是什么感觉，反正她是觉得，自己挖了一个非常精美的陷阱然后自己就跨进去了。

鸡飞狗跳的排练就这样持续着。

因为最具挑战的角色是自己的，所以温格导演的活并不算太苦。倒是沈铭溪要忙着做道具，还要忙着排练以及监督温格防止她偷懒，就有些找不着北了。偶尔压力太大，两个人会互戳表演上的缺点，打打闹闹，依旧如常。

众望所归的学校文化日，喜气洋洋地到来。

初二（2）班的芬尼克斯乐队在舞台上以一首校园风的原创歌曲《让我们记得彼此》赢得全场热烈的掌声。歌曲清新动人，曲调连贯，主唱兼队长景年是个实力派，在舞台上握着话筒连唱带跳，更是惹得台下尖叫连连。

毫无疑问，这是一场完美的演出，座无虚席。而后（2）班全体同学一起上台跟着芬尼克斯合唱更是大大的加分环节。最后，景年面露得意微笑地在众人的赞誉下从容退场。

操场上的广播清晰嘹亮，即将是初二（6）班的舞台剧《假面吸血鬼》登台了。舞台剧费心费力，这次没有几个班级出演舞台剧，所以，大家都对《假面吸血鬼》表示一定程度上的好奇。舞台剧还未开始，台下已然人头攒动。

温爸爸和温妈妈早就听说女儿要出演，来到校园找到前排位置坐下。为了给家长和学生充分的交流时间，中场休息时间还是比较长的，因此温爸爸和温妈妈不得不等上一阵子，一面不安地观望着舞台，等待女儿出场，一面又闲来无事，看看来往的人群，和认识的学生家长聊聊天。

就在温妈妈和刘苏苏的妈妈聊得正欢的时候，温爸爸扯了扯温妈妈的衣角，温妈妈回头，看见观众席最后的角落里，不知何时起坐着一排俊美得出奇的男人。

他们也不说话，板着冷若冰霜的面孔，仿若偷跑出美术馆的希腊神雕像。本来这样的男人一个就够显眼了，偏偏他们还一共四个人，哪怕是在灯光最微弱的角落里，还是像发光物一样惹眼得很。温妈妈立刻眯起眼仔细打量起这四个活宝来。

一个戴着高礼帽，一个坐着轮椅，一个有狮子一般棕色的眼睛，还有一个……哦，这个温妈妈认识，就是隔壁那个会种花、会做蛋糕的有为青年。温妈妈疑惑，难道其他三个是她邻居的朋友？怎么统统都来看温格的演出呢？

"我说孩子她爸，是不是我们家女儿有本事了，怎么啥人都来看她的演出呢？"温妈妈转过头来，扫一眼空无一人的舞台，满脸迷惘。

"可能是在等着看别人吧。"温爸爸镇静地回答。

"嗯，也是。"

后台里，初二（6）班的幕后人员和演员简直忙疯了。沈铭溪指挥着几个男生搬动着做背景的屏风，而温格正来回踱步嘴里反复背诵台词。

大家的舞台服装都是从专门的演出服装店租的，由班长大人亲自把关，穿在身上效果很棒。

大反派温格也不例外。

温格一身上下都是打满补丁的邋遢女魔头装扮，装还是记者团新人的妈妈化的。到底是专业化装师，效果就是不一样，眉毛向上一挑，再打上显眼夸张的腮红，温格再一本正经，站在台上也能让人立刻笑出来。

《假面吸血鬼》，在众人的期待下华丽上演。

一场欢笑后是无尽的汗水。温格在观众们充满期待的眼神中体会到做导演和演员的真正价值。她卖力地讲着那些惹人捧腹的台词，动作极尽夸张，观众的笑声一阵高过一阵，而只有她知道，这些经过反复推敲的台词及肢体语言耗费了多少心血。

哪怕不成功，这也会是一场幸福的演出。

整部舞台剧就这样在温格出色而自然的表演下，迎来高潮。

温格在台上既兴奋又紧张，虽然听着台下人的笑声心里有点复杂，不过，为了班级又被丑化一点儿也没什么。

沈铭溪，你一定可以赢过景年，因为你是那么称职的班长！你的辛苦，一定会有回报！这么想着的温格，充满信心地念完属于自己的最后一句台词，从容下台。

台下的蝴蝶金伯爵伸手轻轻拍一下未来的肩膀：“那个戴面具的男孩演的是你吧？好像有些太严肃了，简直就像阿基德。”

未来银灰色的眼睛隐藏在帽檐下的一片阴影中，嘴唇却泛起一个浅淡的弧度。

“老实说，以后这种表演就不要拖着我们一起出来看啦。在充满人类气息的地方，尤其是这种满是年轻人的地方，你知道我们这种非素食吸血鬼忍耐起来很痛苦的。”伯爵无奈叹息，努力再次集中精神观看演出。

舞台剧中除了各位演员的精彩演出，还有班里其他同学客串来参观吸血鬼的客人，大家的表演大多轻松自然，将舞台与现实融合在一起，好不热闹。

终于，《假面吸血鬼》圆满落幕，掌声雷动，此起彼伏。

看样子反响不错。在后台的温格，双手握拳在胸前，她非常开心。

是否能得奖，对于付出巨大的演员和后勤来说，已不那么重要了。温格在后台脱掉她的女魔头装，然后就上观众席去找家中二老。

未来究竟有没有来，她不知道，不过暂时无所谓吧。

一路上，认出温格的人都给予女魔头大大的好评，温格一面道谢，一面穿过拥挤的人群。其实温格完全没有料到会受到这种程度的褒奖。她只是想着好好导完戏，完成属于自己的角色而已，并未奢求什么。

原来，被人认可的感觉是如此美妙。温格的嘴角情不自禁就弯到了耳朵根。

见到温格的温妈妈，给了女儿一个热烈的拥抱以示褒奖，一家人聚在一起兴高采烈地聊天。正当温格喋喋不休地说着自己的排练经历控诉班长的咄咄逼人时，一大束玫瑰赫然出现在眼前，温格诧异转身，却看见一双在夜灯下炯炯有神的大眼睛，如黑猫一般灵动。

少年昭拾。

昭拾不声不响地出现在温格身后，看着她，眼神充满灵气：“你演得真好，恭喜你。”

温格不知昭拾这次心中想着的又是什么。曾经叫他他不应，一次好不容易应了，还是哭着骂出来的。这次被主动搭话，温格有种哈雷彗星撞地球的感觉。

温格接过花，略带戒备地看着昭拾，心下怀疑他是不是被谁掉包了。

细细打量起来，昭拾变得不仅仅是说话方式，他连打扮都换了一套，若不是他那双极富特色的大眼睛，温格险些认不出他来。

昭拾的衣服不再是陈旧而不合身的连帽衫，此时，他穿着一件白衬衣，藏蓝色的毛线开衫，配一条格子裤，活脱脱一位学院风的少年绅士。

温爸温妈没认出昭拾，只当他是温格同校的学生，对他点头微笑。昭拾的眼睛狡黠地转了转，一眨眼的工夫就拖着温格跑了。

昭拾速度很快，他的腿细瘦得如小鸟一样，跑起来却如追捕猎物的豹子。待昭拾连拖带拽地将温格扯到人不太多的一角，温格已经气喘如牛，怀里的鲜花摧残去了大半。

“你的脸还是很红呀，腮红没擦干净？”昭拾指了指温格的脸，声音甚是无辜。

温格没好气地看他一眼，一抹脸就问：“你怎么来了？”

“婆婆走后，一个大哥哥收留了我，也就是前几天的事，是他带我来这里看你表演的。”昭拾小声说，“他让我来找你，把花带给你，顺带要我和你说声谢谢。”

“哪位大哥哥？”温格愕然，“他该不会是叫未来吧？”

昭拾点头：“是的，是叫未来。在我对生活丧失信心的时候，他忽然降临到我身边，成了我的希望，就像天使一样。”

温格低头看怀里的花，不禁觉得有趣。一只吸血鬼，居然被比喻成天使。这么说，现在是未来在抚养昭拾啊。这样的发展，真是再好不过了。温格打心眼里为昭拾高兴。

“我一直觉得，除了婆婆不会再有人对我那么好了。”昭拾继续说。

昭拾洋溢着幸福的笑容，罕见，却真切。他的眼睛像小动物般闪烁着惶恐与不安，温格知道，那是他在害怕忽然降临的梦境会破碎，之前他实在太苦太苦了。这样一个奇迹，他等得太久了。

但是昭拾，不仅仅是李婆婆还有未来，大家都是想对你好的。然而不凑巧的是，别人都无法敲开你的心门，只有未来和李婆婆可以。

这么想来，李婆婆也一定有着十分特别的地方，如未来一样。

“和大哥哥在一起快乐吗？”温格问。

“他和婆婆一样，都是好人。”昭拾回答得很平静，话语里是同龄人所无法匹及的早熟，“倘若哪天，他不辞而别，我也会祝福他。”

“不过大哥哥有时候是挺奇怪的，他从未在我面前进食过。”昭拾又说。显然，他还不知道未来的身份。

温格迟疑：“你可以接受他的一切吗？我的意思是，假如他有一些和普通人不一样的地方。”

昭拾干脆地打断了温格的话，眼睛一眨不眨，声音庄重如同誓言：“我会接受他的一切。就像他接受我。”

或许没有双亲的昭拾和养尊处优的未来会很有默契，这也说不定。以后的事，谁知道呢。然而温格并不明白，未来是什么时候下的决心，来抚养一个21世纪的孩子，他有什么理由，又有什么动机。

然而或许一切的一切，解释起来也很单纯。

未来是个好吸血鬼。

这就够了。

“你不去看看未来吗？”昭拾打断温格的思绪。

“他也来了？”

未来那家伙，真是口是心非，明明一副爱理不理的样子，真是太讨厌了。温格的眼眶有点发涨。

而后温格就在昭拾的带领下飞奔向未来所在的地方。

操场上的夜灯下，三只吸血鬼还有一个机器人在一起，如星辰般耀眼，神态自若地接受着来自四面八方的注目礼。温格一眼就看见他们停在不远处，一时也被他们强大而华丽的阵势震慑住，不敢上前。

未来有所感应地望向这边，站起身来走向温格。温格后退一步，怔了怔，还是低下脑袋。

“我没想到你会来，真的。”待他离得足够近，她便说，措辞有些凌乱。“但是我真的很开心。”末了，她又急急补充。

“你演得很好，温格。”未来冰冷的手指，穿过少女凌乱的发梢，替她整理略显凌乱的衣领，“你很特别，对我来说。所以我想，我不该让你失望。”

“未来……”他的手指轻轻地不留痕迹地擦过她的颈项，落下一片冰凉。

“我跟你说过吧，我们这些时空穿越者，总会面临未知的障碍与艰险。以防万一，不该过多干涉异时空居民的生活。起初我不帮助昭拾，或多或少就是这个原因。”未来凝视温格的眼睛，声音低沉，若美妙的管风琴，“但是现在我发现，比起那些，我更不愿意看到你伤心。”

“未来，我……”她看着他那双色素极淡的眼睛，开心溢于言表。然而她并没有忘记，他来自31世纪那遥远的时空彼岸，他是高高在上的吸血鬼王子。他们相差三百岁，横跨一千年。

她想说很多，却又无法说太多。快乐到极致，心中便泛起淡淡的忧愁。她知道，他迟早要回到他的世界。他能给她的快乐，是那样有限。

“谢谢你，未来，我很开心。”她轻声说。

“听起来，你并不是太开心。”未来抚摸温格的脑袋。

温格垂下眼睑，多想时间停止在这一秒。

忽然，她感到未来的身体有剧烈的晃动，错愕地抬眼：“未来，你怎么了？”

“没事，只是忽然头晕……”说话间，未来已经倒在了地上，一动不动。

“未来，你怎么了？我承认我的演技一定没你好……”未来那双银灰色的眼睛紧闭着。温格跪下来用力推他的身体，没有丝毫反应。

“未来你不要吓我……”

似乎，有什么发生了。

听闻温格惊慌的叫声，未来的吸血鬼同伴们，这才将注意力转移过来，立刻意识到了事态的严重性。

未来忽然不省人事了。

他倒在地上，僵硬得像在水面上翻起白肚皮的鱼，任凭心爱的帽子剥离脑袋，踩在谁的脚下。

他银色的长发，若无助的触手一般在操场的塑胶跑道上徒劳延伸着，无尽如同时光。

温格惶恐地睁大眼睛。她有很不好的预感。她想到那次，未来跳湖去救溺水的男孩，义无反顾，就像童话中的人鱼。

那时，他的头发也是这样延伸着，像一朵静默而孤独的莲花，沾染着哀伤的气息。

威廉在未来身边蹲下，托起未来的脑袋，巨大的手掌拍击王子瘦削的面颊，而王子依然毫无反应。伯爵凝视未来半晌，便对阿基德下达指令："把未来送到我住的地方，我需要对他进行细致的检查。"阿基德于是背起未来，面无表情地道别后，就跟着伯爵迅速离开。昭拾的大眼睛瞧了一眼温格，放下怀里的滑板立刻尾随。

学校的操场上，最后一个登台的班级还在进行表演，喧闹依旧。温格捡起未来遗落在地上的礼帽，掸了掸其上的灰尘，目光黯然。前一刻，她还与他交谈甚欢，而现在……

命运怎么可以这样恶作剧！

"结果，只剩下我们。"威廉将双手插在口袋里，缓缓走到温格面前，"我拜托你问未来的事情，你一定没有问吧。"

温格这才想起来，威廉好像是拜托她问过个问题。"那问题和未来忽然倒在地上有关系吗？"温格忽然蹙眉思索。

"难说。"威廉道，"要不，我送你回家吧。"

"我可以和我的爸爸妈妈回去。"温格踌躇道，"但是，我也想去看看未来……"

"你要真担心的话，我可以找时间接你去伯爵家。今天晚上你去了也是帮倒忙。"

"那未来会不会有危险？"

"我不知道。不过现在能做的也只有等待了。"

温格与威廉相顾无言。威廉看起来那样沉静而与世无争，而温格却无法掩饰内心的焦躁不安，不到十五年的生命历程在有一千五百年生活阅历的吸血鬼面前，显得那样不堪一击。

"回你父母那儿去吧，我先走了。"威廉从容告辞。

待温格六神无主地回到爸妈的身边时，才知道沈铭溪找了自己好久。班长大人的脸上还残存着不少表演用面具留下来的银粉，看起来很是耀眼。

“温格，我们得了冠军！”一贯沉着冷静的班长此时也失去了往日的风度，紧握住温格的手，声音抑扬顿挫，激情洋溢。打败景年，这是多么美妙的结局啊！

温格发现她和沈铭溪的关系似乎永远都是这样，患难之中是兄弟，无事之时是冤家。温格看着这样高兴的沈铭溪笑着祝福了几句，却又笑得很无力。她是很想恭喜他的，这出舞台剧他付出了不少，这一切足以证明他是个好班长。

要是未来没出事就好了，她一定会真心实意地祝福班长的。

“温格，你是不是病了，脸色不太好。”她的反常自然逃不过天才沈的眼睛。

“我的朋友遇到麻烦了。”温格照实说道。

沈铭溪立刻收敛脸上的欢愉：“那有需要我和刘苏苏的地方，尽管说。”

“谢谢你，沈铭溪。”

一直以来，都谢谢你！

4

掐指算来，未来离开303室已经一个星期了。

看着阳台对面日渐枯萎的花朵，温格可以确定，阿基德在这段时间里也没回来过，他和未来一同在蝴蝶金伯爵的家里。

旧日的香气，被冷冽的寒冬一扫而光。

一切开始于未来忽然的倒地不醒。那么突然，那么出人意料，就好像一场小小的单元考，却凭空杀出一道竞赛题，找不到解决的方法。

《假面吸血鬼》拿了文化日的冠军，校园报铺天盖地地报道着这一消息。初二（6）班的同学们喜气洋洋，还有几个别班记者，对舞台剧演员进行逐一采访。温格，身为老一辈的记者团主力，也接受了初一新人记者的采访。从采访者到被采访者，这种换位还是第一次。然而她却无心细细感受。在喜庆的氛围里，她始终坐立不安。

未来……

自从这个吸血鬼王子闯入她的生活，她就凭空多了许多要维护的秘密，快乐而痛楚。

三日后，威廉出现了，按照约定他来接她去见未来。

那也是一个静悄悄的夜晚。

温格穿着睡裙，在自己的小床上做着只有她知道的梦。

威廉锋利的指甲拨开窗户，跳进女孩粉红的闺房，魁梧的身躯却未发出丝毫声响。他打开床头灯，温格立刻被惊醒，威廉冰冷的大手在她失声尖叫前迅速捂住了她的嘴。

温格一下子就弹了起来，然后就发现是威廉。

威廉告诉她，他是用瞬间移动来到这里的，这是吸血鬼特有的技能，他也会用同样的技能带她去伯爵的宅第看望未来。

不过这种技能不能多用，被过多的人类发现可就不好了，所以平日出门，交通工具对于吸血鬼来说，也还是必要的。

“你一定见过未来了吧？他怎么样了？”威廉松开温格后，温格就迫不及待地问。

“还是那样。”威廉平静地回答。

温格眼中燃起的希望立刻就暗淡下去："他还没有醒？"

"没有醒。"

怎么能这样？温格只觉心脏像是灌了铅般地沉重。

"未来之所以会变成现在这个样子，是因为被太阳晒伤了，或是被金属银刺到了吗？"温格问。

威廉摇头："我们吸血鬼如果接触过多的阳光，或是被金属银穿透心脏，会直接化为灰烬，绝对不会有昏迷的状况发生。"

"那会是穿越时空过多而导致的吗？"温格突发奇想，满脸忧虑。

"但愿不是那样。"威廉道，"那样的话，就太难办了。"

你瞧，至高无上的王子殿下，连让人担心的方式都那么特别。

温格为了省事，只在睡裙外套了一件厚实的风衣，然后蹑手蹑脚地出了自己的房间，在门口的鞋柜上取了双运动鞋来，赤脚穿上，又蹑手蹑脚地回房里去，然后威廉就抱着她，一瞬间人已离开温暖的闺房，到了一座豪华别墅前。

虽是深夜，藏匿在茂密树林后的别墅却灯火通明。

这就是吸血鬼——蝴蝶金伯爵的家。

一只正常的吸血鬼，都是白天休息，晚上活动的。

温格还记得当初，未来躺在床下，说自己是吸血鬼中的"夜猫子"，记忆如此清晰，让她好一阵难受。

威廉走在前面，敲了敲别墅的门。

开门的是一个穿着毛呢长裙，戴着墨镜的女人。温格见过她，她是个不苟言笑的机器人，比阿基德还严肃。通过机器人，伯爵的倾向一目了然。他一定是一位在工作上一丝不苟的机械师。

"她是伯爵的管家，如果坏了，伯爵会很头痛。"进门换鞋时，威廉如此对温格说道。不知有意还是无意，温格觉得威廉的潜在目的是在告诫她别一不小心把别人的机器人碰坏了。但是温格觉得威廉显然是太高估她了。

长长的走廊边整齐地排列着两排等候主人命令的机器人。其实温格压根不敢碰阿基德以外的机器人，毕竟他们看上去都很严肃，脸上好像挂着"请勿触摸""请勿投食"的牌子。

伯爵宅第的内部建造，比温格想象的精简许多，没有花样繁复的壁纸和历史悠久的油画。然而无论家具还是墙体，都是黑白两种色调的，看起来有些像钢琴键盘。

不过不得不说，这里的布置比未来那种原始风格实在好太多太多了。这才是一只正常吸血鬼该有的家啊。

他们走过一间沙龙室，温格透过玻璃门看到瘦小的昭拾正蜷缩着身子睡在柔软的沙发上，怀里抱着一只暹罗猫。少年无知无觉，然而猫咪却毫无睡意，在温格路过后，还支起脑袋，湖水蓝的眼睛探寻似的望过来。

“看来，伯爵极喜欢动物。”温格说。

“是啊，其实伯爵夫人更喜欢。”

“哟？蝴蝶金伯爵原来结婚了啊？”

“嗯。他漫长生命中的第三次婚姻。”

三次婚姻……八百年，三次婚姻……温格完全无法体会。

威廉停下脚步，眼前是一间巨大的花房。

在透明玻璃的笼罩下有灯光微弱地亮着，千姿百态的花朵在花房中怒放。这就好比303室阳台上的奇迹扩大了10倍呈现在眼前。

伯爵和阿基德，都是造诣颇深的花艺师。

威廉带温格走进去。这里是花与蝶的盛会，宅第中的世外桃源。

花海中央是一张床，未来就躺在上面，紧闭双眼，一动不动。雪白的睡袍覆住他介于少年与成人之间的修长身躯。

若是未来不是这样的状态，温格会很愿意好好享受这个仙境一般的地方。只可惜她的照相机就如她对美的热爱之心，此时都遗留在家里。

满园繁花，因为王子的沉睡而有了凄凉的味道。

阿基德就站在未来身边，他一直是位尽忠职守的机器人，守护着王子。

而在另一边，温格看到一个陌生的女人。那女人的面孔有柔和的线条，不像伯爵宅第里的其他机器人。

女人手中持着一块沾湿的方巾，正擦拭着未来的脸颊。她的头发高高盘起，身着金棕色的丝绒小马甲，配一件黑色的高腰裙，一双雪白如瓷的小腿从裙摆下伸出来，安静地交叠在一起，高贵而端庄。

“伯爵夫人。”威廉倾身施礼，女人便仰起头来。原来，她就是这里的女主人。

伯爵夫人有一张美丽而祥和的脸。横陈的皱纹亦无法打破女人发自内在的美感，她如此柔和，像水一般，极易让人联想到米开朗琪罗雕刻的圣母。

“伯爵夫人，你好。”温格跟着打了一声招呼。她的目光再次停留在未来身上。伯爵不知踪影，而此时此刻伯爵夫人正在悉心照顾着未来。

真好，有那么多人关心他，所以他会好起来吧。

伯爵夫人抬起眼睛，一眨不眨地看着温格，她款款起身，向温格伸出手，嘴角漾起与祥和面孔不符的浓烈笑意，如同曼珠沙华一般鲜亮：“你过来一下，小女孩，听你的声音你一定不大。我一直很期待多遇见几个像你这样年纪的小女孩。”

伯爵夫人的欢迎，让温格有些意外。她走过去，伯爵夫人的双手立刻抚摸上她的脸庞。伯爵夫人仔细碰触温格的眉毛、眼角、鼻梁，还有嘴唇。温格好奇地睁大眼睛，伯爵夫人手上纤细的皱纹就像鱼一样，清清凉凉地在她的面部肌肤上游走。

“我可以感受到你是个热情开朗的小姑娘，你的父母真是幸运。”伯爵夫人如此赞叹。

“夫人，你的眼睛……”温格暗暗吃惊。

伯爵夫人微笑点头：“我生来就是盲人，看不见东西，但好在命运并非一直都是残酷的。”

“因为伯爵吗？”温格看着伯爵夫人的脸，知道她必然是人类。

吸血鬼是不会老的，不会让自己的面孔上爬满皱纹，不会因为时光的流逝，露出那样一种祥和安逸的神情，如同预知了天命。

吸血鬼是夜的捕食者，他们总会有精神矍铄的时候，月光与人类的温度都能让他们兴奋，而人类不是这样。越年长的人类就越平和，终于无欲无求。

“是的，伯爵人很好。”伯爵夫人拉过身边一把椅子，轻轻一拍，“伯爵出去寻找能帮助王子的方法了，估计过一段时间就会回来。在此期间，你愿意坐在我身边陪我说说话吗？”

“当然愿意。”温格坐下了，威廉看了看她，便走了出去。

“威廉他要去哪里？”温格怕伯爵夫人不知道威廉的离开，如此问道。

“去找别的事情干了吧。他是伯爵最亲密的朋友之一，一定会等伯爵来的。”说到这里，伯爵夫人的面孔上浮过一丝骄傲，“我们家有架历史悠久的三角钢琴，做工精湛，威廉一直很喜欢。他是一位技艺超凡的琴师，能让乐器鸣唱出最悦耳的声音。”

仿佛是为了印证伯爵夫人的话，一阵柔缓的钢琴声响起，萦绕整间花房。

“你听，这就是琴师威廉的魔法。”伯爵夫人掩嘴而笑，“这对我这种没有视力的人来说，就是福音。”

“他经常来弹钢琴吗？”

“是的。”不过说到这个话题，伯爵夫人又有些忧郁了，“有时候想想就寂寞，来来往往的总是伯爵的朋友，一只只吸血鬼。然而我的朋友就很少，这座宅子里几乎不会出现除我以外的人类。倒是现在不知怎的，忽然冒出了你和那个滑板小少年，是因为王子未来的魅力吧。”

“也就是说平时这里，就只有你一个人类？”温格能深刻体会这种感觉，她也是去过只有吸血鬼在场的拍卖会的。只是那种地方去一次还行，要是天天泡在吸血鬼圈子里，那该有多恐怖啊。

“以前我还会出去找找朋友，现在走不动路了，再加上宅子又比较偏远，就有些与世隔绝了。”而后，伯爵夫人用轻松的语气转移了话题，“不说这个了，想听我和伯爵的故事吗？”

“当然，我洗耳恭听。”

“二十岁的时候，我在酒馆里唱歌，然后遇到了伯爵。我一直不知道他长着怎样的脸，也不是太在意。那天他靠近我，我感受到他，故事由此而来。

“和每次与陌生人打交道都不同，那次，我像是预感到有什么要发生一样，面对着不知身份的伯爵，我什么都没有问，仿佛就是知道，他能想我所想。伯爵用冰冷的手握住我的手，他引导着我去触摸他的轮椅，还有他那纤细无比，绝对支撑不起全身重量的腿。”伯爵夫人将自己的手举到空洞的眼前，露出沉醉的笑意，“你一定体会不到这样的震撼。我在那种触觉下，感受到了光明。我的世界，忽然有了色彩。我知道面前的这个男人因为双腿畸形而无法站立，他很可能一直都是这样。这反倒使我有了信心。我想，我们可以一直扶持着彼此，不离不弃。他拉着我的手一直没有放开，于是我们就牵着手结了婚。”

“听起来很浪漫啊。”温格感叹，“那你是什么时候知道伯爵是吸血鬼的？”

“结婚前不久。”伯爵夫人用指头在面前轻轻画了一个圆，“有一天我问他，太阳是什么样子的，他说，他也无法见到太阳。”

“你没觉得难以接受？”

“生命中总有太多变数，好在我们可以彼此理解。”伯爵夫人的声音依然柔缓如水，“伯爵是位忠诚的丈夫，他一直对我很好，发誓陪我走到生命的尽头。不过我已经老了。有时候我会情不自禁地想我死后几年，或是几百年，伯爵会是什么样的。他会不会有其他伴侣，如我这般珍视他。你知道吗，我并不是羡慕他未来的伴侣。在吸血鬼的圈子里，和人类结婚并不是件愉快的事，伯爵不会经常做的。他八百年的生命里，我也仅仅是他的第三任妻子而已。所以我非常希望我走后，他能尽快找到一个可以照顾他的人，以化解永生带来的寂寞。”

温格沉默。伯爵夫人的话让她有浅淡的、无法明言的忧伤。在时间面前，人类的生命是那样弱小。她紧紧抓住伯爵夫人的手，渴望给这位爱上永生者的无助妇人一些必要的力量。

吸血鬼不会衰老，他们在血液中存活，生命却像塞纳河上的桥、撒哈拉中的沙一样悠久。然而最大的悲剧是，他们却不似那些死物般对世间情感无动于衷。看着自己心爱的人满头华发，停止呼吸，却爱莫能助，会是件多么难以忍受的事。

温格想，伯爵一定很爱伯爵夫人，所以再大的悲痛，他也愿意承受。这一切，都是为了给予心爱的她一个幸福的百年。

再看伯爵夫人的面孔，难怪她总是柔和地微笑，她是幸福的，她一定也深知这点。在黑暗中行走并不可怕，只要找到属于自己的光。

温格仰起脸，她的上空一直飞舞着各式各样的蝴蝶，高高低低，忽上忽下，伸手可触。这就像个花与蝴蝶组成的梦，绮丽无穷。温格恨不能将自己也插到土壤里，在这温暖的花房中熟睡，然后生根发芽，与花朵蝴蝶融为一体，就此别过大城市的拥挤喧嚣。

“我这一生唯一遗憾的，就是无法生下一个孩子。人类和吸血鬼没法生出下一代，虽然伯爵不在意，可我……”伯爵夫人轻轻摇了摇头，爱怜地握住温格的手，“我很喜欢你这样的小女孩，回去了，一定要和你爸爸妈妈说，你是个天使，要让他们好好宠爱你。”温格看见了伯爵夫人眼中的水雾，心念一动，忍不住说：“夫人，以后，我可以再来找你玩吗？”

“当然，随时欢迎，这里就是缺少人气。”伯爵夫人笑了，“不过我也不着急，相信在这位王子睁开眼睛前，我会常常见到你的。”

“他能睁开眼睛吗？”提及此，温格又满眼忧虑地看向未来。

未来纹丝不动，温格恨不能跳起来掐他一下，把他给掐醒。

“相信伯爵吧。他一定会有办法的。”伯爵夫人道，言语间充满了对丈夫的信任。

“不过，为什么未来要被放在花房里？”

“这里能让伯爵有灵感。而且屋子的其他地方都冷冷清清的，我想我们都不愿意待。”

唉，未来，这么美丽的地方，你却不愿意睁眼看一下，你真对不起你自己。

又聊了一段时间，有机器人前来通报，伯爵回家了。

一身外出装扮的伯爵摇着轮椅，推开花房的门缓缓靠近，身上有风尘的痕迹。

伯爵望着妻子的眼神，宠溺多过苛责：“薇薇，不是让你去睡觉吗，怎么又来花房了？”他用柔和的声音，呼唤着夫人的昵称。

“我想来看看王子怎么样了，而且这不是遇到了一个小女孩吗？挺好的呢。”伯爵夫人捂住嘴轻笑，很是满足。

“你真是人越大越不懂事。”伯爵轻斥。

“你别光顾着教育我，先讲讲未来的事吧，人家小姑娘都等急了。”

伯爵于是摘去手上的皮手套，看一眼床上的未来。

伯爵的脸色并不好，带着些许疲惫，更是加重了他身上本就有的病态。

“我出去找了专家，让他研究了未来的血样。果不出我所料，未来中了毒。”伯爵的手指在扶手上弹跳着，速度很快，就如他脑海里疾走的思绪，

“温格，你和未来在一起的时候，见过他受伤吗？”

“嗯，他被太阳晒伤过，那时候他还遇到一个刺客，被银剑伤到了小腿。”

“伤倒是不可怕。不过估计就是那个时候，剑上的毒渗进他的身体。这种毒有些奇怪，会在体内残存一些日子，然后忽然发作，中毒者不会死，却会一直处于深度昏迷状态。”

温格急忙问：“那么这种毒可以解吗？”

伯爵冰蓝的眼睛看着温格：“未来中的是31世纪的毒，21世纪尚无办法解毒。实在没办法的话，我可以坐着时空机穿越到31世纪，那个时候应该有解药。”伯爵的眼睛似是拥有一种魔力，能让喧嚣的世界，恢复如初。温格看着那双眼睛，感觉内心慢慢平静下来。

一件复杂无解的事，居然被伯爵说得如此简单。他充满病态的身体被一根充满力量的脊梁挺起。因此，他就有了掌控全局的能力。

温格没有说话，只是忧心地看着未来。伯爵夫人站起身，双手按在温格肩上说：“是嘛，大不了去31世纪。我们也很关心未来，一定会尽最大努力帮助他。伯爵的时空机马上就要做好了，未来会很快睁开眼睛的。”

温格轻轻点头，却知道穿越时空并不可能如伯爵夫妇说的那么简单。毕竟，前往31世纪不像出国旅游。未来也说，31世纪的吸血鬼家族战火纷飞，说不定好不容易找到解药，也是未来敌人给的假药。

一切都是未知的。

温格被威廉送回了家中。威廉说，有空一定还会接她去伯爵家看未来。

温格穿着外套，沉沉入睡。

潜意识里，她多希望，一睁开眼睛又看见未来银灰色的眼睛，饱含笑意地凝望着她。

5

又一个星期过去了。

温格没有见到威廉，也没有任何未来的消息，而有点六神无主。

这期间发生的重大事件，大概就是沈铭溪和景年居然冰释前嫌成了好朋友，实在可喜可贺。

303室曾经被众口交赞的阳台花园，无可避免地衰败下去，连同校园文化日那天，未来托昭拾送给温格的玫瑰。

303室没有人住，被未来领养的少年昭拾，这个时候也不知去向。或许在李婆婆的小屋里学习，或许依然穿梭在街头巷尾。

不知不觉，冬天已经来临。

温格换上厚厚的冬衣。她想到伯爵家那四季如春的花房，此时未来在睡梦中一定觉得很温暖吧。不过转念一想，吸血鬼是不惧怕寒冷的，春夏秋冬对于那没体温的一族来说，大概都是一样的。

温格一直在日历本上做着记号，未来已经沉睡二十天了。再这么睡下去，会变成猪的吧。或者会变成木乃伊？温格日复一日地胡思乱想着。

真是的，该如何是好呢。

温格利用课余时间，进出各大图书馆和书店，找遍了有关吸血鬼的书籍。然后她发现，哪怕是在虚构的世界里，昏迷的吸血鬼也难以寻觅。只能说31世纪的毒药太过超前，一千年以前的古旧书籍根本奈何不了它。

“我觉得昏迷那么长时间实在不太对劲，说不定他大脑里的组织已经坏死了，也就基本上没有醒过来的可能了。”把突发事件告诉沈铭溪的温格，本指望着得到一些安慰，不料听到的却是打击。

“我可是很严肃地说这番话的。如果有什么万一，你要有心理准备。”沈铭溪双手环胸做专家状。

“你别吓我啊，班长大人。”温格趴在自己的座位上萎靡不振，眼泪都快掉下来了。

“我说，那只吸血鬼对你而言真的那么重要吗？”沈铭溪见温格如此伤心，忍不住就问。

温格趴在桌上细细想着。

“嗯，重要的。”她说，“很重要。”

“如果他一醒来就要回31世纪，那你怎么办？”

温格沉默。有那么一瞬间，她自私地想要未来永远不睁开眼睛，就此沉睡在21世纪，如此，分别的时刻就永远不会来临。

但那毕竟是不现实的。31世纪的官员，若发现未来久久未归，想必也还是要来找他。他毕竟是王子。

温格摇了摇头，唇边泛起苦涩的笑意。她还是希望，他能够平安。

一天放学，温格路过学校卫生间，却忽然被一只细小苍白的手抓了进去。

温格猛然回头，看到的是一个脑袋只到自己肩膀，抱着凯蒂猫布偶的小女孩，全身被衣服包裹得极为严实，脸也被鸭舌帽和口罩遮挡住，只留一双神采飞扬的眼睛。现在看见这样的打扮，温格是特别有感觉的，她一看就本能地觉得是吸血鬼，只有怕晒到阳光又不得不在白天出门的吸血鬼才会那番打扮。不过也难说，现在天气冷，包得像粽子一样里外不透风的也大有人在，比如温格。

所以说，冬日的白天是吸血鬼最好的出游时间，混在人堆里很难被发现。

“你记得我吗？”卫生间里没有阳光。面前的小女孩摘除口罩和鸭舌帽，露出整张脸来。

小女孩眼睛里有一丝与年龄不符的狡黠。

“你……”温格指着女孩的脸“你”了好半天才想到，这是在献血车上有过一面之缘的幼年吸血鬼，吸过未来的血。

“不会连我都记不起来了吧？你的记性也太差了点。明明本来就只有那么一点儿时间可以活，还老忘这忘那，你不觉得愧对父母吗？”

好吧，身边牙尖嘴利的家伙已经够多了，也不缺这一个。温格戒备地看着眼前的小女孩，下意识地缩了缩裸露在空气里的手，怕被咬。

未来曾经告诫过她，成年吸血鬼懂得遵守自己世界的规则，不轻易冒犯人类，但是幼年吸血鬼就不一样了，他们有那么点古灵精怪，无法无天。

“我来是要给你一样东西。”小女孩将一个小巧的紫色瓶子塞到温格手里，“似乎是什么解药。”

解药？听见这两个字，就好像沙漠中口渴难耐的旅人寻到了甘霖。温格双眼放光，也不管那么多了，伸手就抓住小女孩的肩膀激动地问：“你是在哪里得到的？是谁给你的？是什么解药？”

然后温格很快又想到，伯爵说，未来的解药31世纪才有，那么面前的这个小女孩又怎么可能有？多半小女孩说的解药，和她理解的不同吧。温格又非常失望地收回手。

“你是脑子坏掉了吗？怎么一惊一乍的？”小女孩无法理解面前这个人类到底受了什么刺激，为什么忽然冲到面前抓住她，又忽然松开手一副失魂落魄的样子。都说现在人类文明发展很快，人类的思维越来越难被理解，甚至人类自己都无法理解同类的思维了，这让生活在他们身边的动物以及吸血鬼非常苦恼。真的，非常苦恼。

小女孩觉得，虽然自己年龄不大，但是她也有苦恼的必要了。

“我是游历在人类世界的吸血鬼，没有固定的交际圈和同伴，不过我不介意偶尔帮别人一些忙，你手里的这个药瓶子，是未来给我的。”小女孩说。

“未来给你的？”怎么听着那么诡异？

“现在你所熟悉的未来，是从3017年穿越过来的。就在一天前，我遇到了从3025年穿越过来的未来，是那个时候的未来将解药给了我。他要我在这个时候将药瓶给你，说会有很大的用处。”小女孩撅了撅嘴，“我是不知道有什么用啦，不过看在未来曾经给我血的分上，我不介意帮他。毕竟他那种王室吸血鬼的血，对我这种平民吸血鬼的战斗力有很大帮助。”

温格怔怔地看着手里的药瓶。好像，她慢慢了解一点儿了。

3025年的未来，给3017年的自己带来解药。嗯，应该就是这么一回事。

实际情况想必是更加复杂的，不过温格也管不了那么多了，眼下救人要紧。

温格兴高采烈地冲出卫生间绝尘而去，身后抱着凯蒂猫的年幼吸血鬼急得大叫：“喂！愚蠢的人类！记得那药是外敷不是口服啊！”

温格踩着自行车一阵风似的回到生活小区，一进门就看见正在路边踩着滑板有那么点无所事事的昭拾，急急上前捉住他纤细的胳膊，喘着气说不出话，药瓶却率先举到少年面前。

“你干什么？”昭拾当然理解不了温格的一系列行为，然而他也没有像原先那样排斥她了。任由她捉着，大眼睛里充满疑惑。

“我好像——好像拿到了未来的解药——”温格拽着少年，用力地，“我们——我们一起去伯爵家吧！”

自从上次温格在伯爵宅第见到昭拾后，她就了解，昭拾一定知道了她知道的一切。他们从某种意义上来说，是联系最紧密的同伴。他们需要相互依偎，才能在吸血鬼主宰的黑夜里自由穿行。

昭拾蹙眉看着温格：“但是，你知道伯爵家怎么走吗？”

温格呆住：“这倒的确不知道。”

昭拾斜她一眼：“我知道。”

“不早说……吓我一跳。但是，怎么去呢？”温格略带不安的视线滑落在昭拾的滑板上。

“有到那里的公交车。不过半个小时一班，不知道要等多久。”

于是温格也顾不得回家里放书包了，将自行车一停，就和昭拾一起踏上远征的公交车，她气势汹汹，仿佛骑上一匹战马。

二人顺利抵达伯爵宅第，开门的还是穿着长裙的管家机器人。

“你好，我们已经是第三次见面了，管家女士。”这一次，温格主动向机器人打招呼。她觉得每次路过都不声不响，实在有点说不过去。然而不苟言笑的女管家却并不领情，没有理睬温格。

伯爵夫人拿到解药后，先让二人去休息，自己找阿基德为未来上药，至于伯爵，他一直为时空机和未来的事操劳，此时正在书房里小憩。

温格和昭拾被安排在一间休息室。两个人面对面坐在一张桌子前，看着面前的桌游及国际象棋沉默。

这个钢琴键布局的房间里虽然没有花，却洋溢着与伯爵和伯爵夫人身上相同的、雅致的花香。四五只猫咪若无其事地穿行在人类小客人的脚下，时不时从嘴里冒出些他们无法参透的动物语言。

一只猫傲慢地自两个人身边漫步而过，一不小心踩着昭拾的滑板，“刺溜”一声飞得老远，撞在落地玻璃窗上，“喵”的一声惨叫。

温格和昭拾忍不住都笑了，气氛融洽许多，两个人开始玩扑克牌。

“现在你一定知道未来是吸血鬼了吧？”温格问。

“嗯。”昭拾点头，仿佛知道温格下面要问什么一般，又道，“如果他醒来，要回31世纪，我跟他走。”少年轻描淡写地说出他的重大决定。温格情不自禁就幻想起来。

记得小学时经常会举行这样那样的绘画比赛，不少人的绘画主题都是遥远的未来。造型各异的飞船，笔直交错的空中通道，更加繁华的都市，美丽到简直能制造幻境的灯光……

而昭拾，就要去那样的地方了吧。

真是让人羡慕。温格不无哀伤地想。

“不知道那个时候人类的世界是怎么样的。”温格说，“好想去那种地方拍照呢。”

“要是那个时候能寄信给21世纪就好了。”昭拾垂头说。

是啊，要是时间的阻隔能像地理上的阻隔轻而易举地被跨越该有多好。但是这个世界，就是有一些困难，再大的努力都无法克服。

“如果你到31世纪的话，还会常来21世纪吧？”温格转念一想，又道，“不行，太冒险了，还是别来了。”

“我会回来的。我也喜欢冒险。”昭拾露出浅浅的微笑，大眼睛里盛满期待。

两个人又玩了一会儿牌，直到有机器人前来通知，未来在解药的帮助下成功醒来。

“不过现在王子正在进食，他不希望被打扰。”机器人拦住很想往外面冲的少年和少女，“他吃完，会来找你们的。”

嗯，进食，这个意思是说未来在啃鸭子没错了。想来未来也说过，吸血鬼也是有自尊的，尤其是成年吸血鬼，特别不乐意让人类看见自己进食，不论是素食还是非素食的。

未来昏迷了那么久，一定饥饿难耐。于是他醒了，还要饱餐一顿。

“我们去屋子的其他地方看看吧。”温格建议，“趁未来在吃饭。”

“我早就逛过了，你自己去吧。”昭拾对这个建议并没有那么热心。

“可是你一个人待在这里也很无聊吧。”温格伸手，将昭拾从位置上拽下来，昭拾也没反对，跟着温格走出房间。其实温格很想去看看伯爵夫人说的，那架让琴师威廉钟情不已的三角钢琴。这么想着，又带上了手里的相机。

“你经常带着相机吗？”昭拾问。

“嗯，几乎形影不离。”说话间，温格迅速转身，对着昭拾用力按了一下快门，少年略显惊讶的表情就这样被硬生生框住了。

“以后你和未来去了31世纪，我就用这张照片作为纪念。”

“你这样随便拍是侵犯我的肖像权。”昭拾去抢温格手里的相机，被温格轻而易举地避开，昭拾也就没有坚持，只是警告她说，“不准给别人看，不然我就拿31世纪的毒药给你吃。”

真是狠毒。温格颇为哀怨地看一眼昭拾。

“看什么看啊，不准就是不准。”昭拾作势又要抢一次。

“好啦，我知道了，不给别人看就是。”温格喃喃道，“人就那么点大，已知道要保持神秘感。”昭拾瞪了她一眼，没再说话。

两个人参观过钢琴后，觉得有些无聊，就走向伯爵的书房。

书房里很安静，而门却是虚掩的，那透出门缝来的一点点光线，像是引诱人好奇心的妖精。温格蹑手蹑脚地推开门去。两个人就像猫咪一样，将小小的脑袋排列在门缝中。

怎么说也是八百岁的伯爵，应该拥有许多藏书吧！

看一眼，应该没什么问题。

然而推开门的温格，却根本没有空闲去顾及书架。

所有的注意力，都会聚到伯爵身上。

温格想，她现在终于明白，为什么伯爵会被称为“蝴蝶金伯爵”了。

6

伯爵还在睡梦中。他倚靠在轮椅上，头轻轻歪向一边，孱弱的身体依然有无法言说的尊贵与优雅。

然而不同以往，此时伯爵的背部居然长出两只巨大的、色彩斑斓的蝴蝶翅膀，透亮如清晨的露珠。

那对盈满整个书房的翅膀，远比花房里所有的花卉更壮观，更鲜亮，那色彩诡异妖娆，像是有一双双瞳色不一的眼睛流光婉转，妩媚至极，镶嵌在翅膀上，打量着两位冒冒失失的闯入者。

这双巨大的翅膀在宽阔的书房里轻轻扇动，扫起一阵轻微的气流。

昭拾和温格立在门口，皆是一脸震惊。

伯爵，居然有这样一双翅膀！

这到底是长在伯爵身上的，还是被安装上去的？温格开始思考这个问题。毕竟，伯爵心灵手巧是众所周知的，对于制造出那么多机器人的他来说，一双透明的蝴蝶翅膀，也没有多困难吧。

在两个孩童的热切注视下，伯爵慢慢醒了过来。他冰蓝色的眼睛，起初有些许初醒时的迷惘。然而就连这样的表情，也是柔美而超凡的，如同一位精灵王。

温格和昭拾，皆感觉到强烈的震撼。

伯爵定了定神，支起头来，他身后的翅膀因他的清醒而有轻微的震颤。他的美显得那么不可思议，孱弱中透着力量，力量中又带着梦幻。八百年赋予他的内涵，以这样丰富绚丽的色彩展示在他们眼前。

“抱……抱歉，打扰你了。”温格结巴起来，身边的昭拾则不住点头，也是一副尴尬模样。

伯爵情不自禁地笑了。印象中，这两个最近因为未来而常来他家做客的孩子彼此之间本不怎么熟，结果现在却要好得像姐弟一样。简直就连他也想好好羡慕一下了。是从什么时候开始的呢，孩子之间无所顾忌的交往方式，完全离他远去。

八百年呵，像梦一样的八百年。

“想不想来摸一下我的翅膀？”伯爵问。他仰了仰头，伴随他轻柔的声音，翅膀幅度略大地扇合起来，屋子里拂过一阵清甜而温和的风。温格迫不及待地伸手，透明的翅膀在手掌里，比纸更轻薄，简直没有触觉。然而当伯爵轻轻扇动翅膀，温格又觉得自己手里像是握着一枚即将孵化的蛋，有生命的气息在指尖蹦跳着，叫嚣着。

然后温格看向伯爵的后背，那翅膀居然穿透了衣物，从伯爵的背部长了出来。

“很奇妙是不是？这翅膀是在我一百岁生辰时拥有的。”伯爵说，“那天白天，我还在睡梦里，梦见我养的那些花忽然都说话了，他们对我笑着说恭喜，我不明所以，睁开眼就有了翅膀。我也不知道它是怎么长出来的。”

“我自生下来，就不会走路，也无法像别的吸血鬼那样拥有瞬间移动的能力。”伯爵继续道，“曾经有一段时间，我很悲观，想过结束生命，想过一卧不起。不过后来我懂得，有些痛苦只能自己承担，这能让生命更有意义，也能让你成为无可替代的人。痛苦能让灵魂升华。而后，我有了这双可以代替双脚的翅膀，生命就是如此。上帝在关上一扇门的时候，也会打开一扇窗，总有值得期待的东西，在生命当中，等待被发掘。”

温格发自内心地觉得，伯爵和伯爵夫人是天底下最般配的夫妻，他们都有常人难以克服的困难，却都生活得很精彩。

最幸福而最凑巧的是，他们走到了一起。

“你说，翅膀能代替你的双脚，这么说，你可以飞？”昭拾问。

“这当然不是摆设。”伯爵微笑，“要不要试试看？”

“试？”昭拾面露惊疑的瞬间，温格立刻就有了一种失重的感觉。低头一看，自己的脚已经位于地板十厘米以上了，用脚尖去触地板，却怎样都触不到。再扭头去看昭拾，温格就懂了，现实是他们两个被伯爵一手一个揪住衣服领子，带着飞了起来。

对于吸血鬼而言，人类的这点重量是不足挂齿的。

伯爵的翅膀轻轻扇动着，留下美好的花香，如清风拂面。

温格这才发现伯爵宅第里修筑的那些宽敞而细长的走廊不是毫无用处的，此时简直就像飞机的跑道，让伯爵有了加快飞行速度的空间。

一个个房间门在身边迅速向后流窜，伯爵的飞行很平稳，一路畅通无阻。

门口的两位机器人恭敬地打开大门，伯爵带着温格和昭拾呼啸而过，顺利飞出宅第，越升越高。

温格和昭拾情不自禁地叫出声来。脚下，不再是宅第里的木质地板，而是万丈浮云，这怎能不惊奇。

温格向头顶上方伸出手去。离天空那么近，简直让她有一种星星伸手可触的错觉。夜风凶狠袭来，但大概是因为太过兴奋，温格的胸腔好像燃烧着火了一样，感受不到一点儿寒冷。

伯爵看上去瘦弱无比，但是抓着两个孩子的手却是有力而值得信赖的。他的飞行技巧也十分高超，有蝴蝶的翩然也有鹰的迅猛，带着两个人飞行，他游刃有余。

温格只觉得脚离开地面还没多久，就已然穿梭在城市的高楼中，道别了偏远的伯爵宅第。

霓虹灯光在脚下闪烁，如同妖冶的舞娘万般妖娆，车灯却不那样温和，就像醉酒怒汉的眼睛排列在红绿灯前，一双双直直瞪着天空中的他们。

伯爵忽然全速飞向一座城市的高塔，惹得温格二人尖叫连连，就要撞到塔身的时候，又忽然旋身，温格的衣摆有惊无险地擦过塔上冰冷的钢筋。这是一个惊险刺激的游戏。

伯爵降低了高度，飞过千万人家的阳台，温格都能看清人家晾在外面的衣服上的绣花。还有半梦半醒的孩童，敏锐地感觉到了他们，从床上跳起迅速跑到阳台好奇地张望，然而敏捷的伯爵已经飞走了，只留下夜风的呼啸。

“我忽然也想要这样一对翅膀，哪怕不能站立也行啊。”温格无比羡慕，在风中张开双手大声呼喊。

伯爵在她的头顶笑出声来：“其实这翅膀也只有在飞行的时候能出来显摆一下，但更多时候，我不得不使用轮椅，忍受诸多生活中的不便，毕竟我不是一只真正的蝴蝶，不能总是飞来飞去。”说话间，伯爵忽然松开另一只手，昭拾惨叫连连，等伯爵飞下去再次捉住下坠中的少年时，少年面如土色，嗓子早就喊哑了。

“男孩子就该锻炼一下，何况你以后要和未来那样的人一起生活，牛一样强健的心脏是必需的。”这是伯爵给出的解释。

昭拾瞪着一双大眼睛，已经不想说什么了。

又飞了一会儿，伯爵便带着温格和昭拾原路返回，宅第前的小径上，伯爵夫人和刚醒的未来已经早早等候着了。

温格老远就看见未来。他还是穿着极具标志性的立领风衣，没有戴帽子，银发与衣摆飘扬在夜风中，美妙至极。

“未来！”伯爵在上空朝王子打着招呼，忽然就松了手，将温格抛向地面。温格出于本能用力挥舞双手，却无法不使自己的身体像导弹一样俯冲下去。未来眼疾手快地张开双手，狠狠接住温格。

“啊！”温格撞在未来的胸膛上。显然，被未来没多少肥肉的身子撞得疼痛不已。她捂着痛得麻木的脸泪眼婆娑地抬起头来，却见未来若无其事地微笑。她忽然就感觉不到疼痛了。

然而温格还没来得及说话，未来就迅速放下她，再次接住被丢过来的昭拾，然后放到地面上。

“未来，你终于醒了。”温格满心感慨。解药的效果真不错。这实在是太好了。

“是啊，再次睁开眼睛的感觉真好。”未来忽略掉温格的关心，漫不经心地说。

“浑蛋！说来说去，都怪你要一个人穿越过来！”温格抬起脚重重地踩了一下未来。

未来双手插在风衣口袋里，望着温格，银灰色的眼瞳有一丝阴霾：“像你这种胆大妄为、举止粗鲁的女孩，应该受到严厉的惩处。”

温格愣了愣：“什么惩处？”

“被我咬死。”话毕，便扑向温格。

伯爵宅第前空旷的草坪上，温格与未来追打成一团。然后他们双双躺下，与青草做伴，仰望夜空。

“未来，要是这一刻时间能够停止就好了。”温格看着耀眼的星星，忍不住轻声说出自己奢侈的愿望。

听不见身边的动静，温格转过头，只见未来已经闭上眼睛沉沉睡去。

“真是的，明明才刚醒。”温格有些不高兴地嘟囔，“你还真是吸血鬼中的夜猫子。”

不远处，伯爵夫人面露沉醉的微笑揽住伯爵的脖子。伯爵舒展起透亮的翅膀，徐徐起飞。伯爵夫人的长裙，如花瓣般在夜风中簌簌抖动。伯爵搂着妻子的腰身，与夜空融为一体。

与其说这是飞翔，还不如说是一支以爱的名义献上的华尔兹。吸血鬼伯爵和他心爱的夫人，在星空中执起手来，在太阳即将升起之际，享受飞翔的甜蜜。

温格看得极是沉醉。

未来忽然就捉住温格的手。

“你醒了？”温格诧异地转头，撞见的是吸血鬼银亮浩瀚的眸，其中，有诡谲的笑意那样耀眼，却近在咫尺。

或许他一直没睡吧。

温格幸福地微笑着，亦回握未来的手。

第六章

异域 威尼斯的星空

1

“未来，你已经历太多危险，还是早点带着你搜集的血液，回到你的世界吧。下次，绝对不要一个人来了。”

黎明，阿基德推着伯爵与众人在宅第中悠闲穿梭。总算了却一桩大事，伯爵的表情也明显轻松下来。

未来笑了笑，没有说话。

“未来，你三百岁了，要知道为你和你的家族负责。不要随便拿自己的生命开玩笑。”伯爵告诫。

“我知道了，伯爵。”未来点头，“我会立刻为离开做准备。”

旁听的温格心情沉重。未来就要走了。

说的也是，天下怎有不散的筵席。何况一直待在不属于自己的世界里，未来也一定很寂寞。

很不舍得未来，非常不舍得。但是此时能做的，大概也只有真心实意地祝福他回家的旅途平安。然后，他们之间就要相隔一世纪的距离。如同天堂与地狱般遥远。

“在你昏睡的那几天，我把你的时空机做出来了。”伯爵又说，“所以，你的确应该准备起来。”

然而未来听了伯爵的话却道：“不过我还不能立刻回去，有一件重要的事还等着我去做。”

“什么事？”

“我想先穿越到三百年以前。”

这时，众人已在伯爵的引领下，来到了伯爵一直未向客人们公开的机械仓库。

造型如同微型小飞机的洁白时空机，就出现在众人眼前，不过这长着两对翅膀的机器，机翼倒是比一般飞机短了不少。

“这看起来就像只白色的蜜蜂。”温格率先发表评论。

“我觉得像只长残了的苍蝇。”昭拾说。未来回过头来，按了按昭拾的脑袋：“好歹也是伯爵千辛万苦做出来的，你不会说点好听的。”昭拾看着未来笑了，笑容洋溢着幸福，曾经的不安已在他的大眼睛里无迹可寻。

“你要去18世纪？”伯爵显然不喜欢未来这个提议，满脸忧郁。他直直盯着未来，孱弱的身躯却因一双清亮透彻的冰蓝色眼睛而显得颇有威严，“你到底有什么事情？”

未来道：“是这样的，我之前在一个奇怪女人的手里，拿到一对黑白面具。根据阿基德的调查，这对面具出自18世纪的一位名叫玛格丽特的手工艺人之手，她有不可思议的力量，做出过不少奇妙的东西，如今有些制品仍在她的故乡威尼斯，有些则几经周转落到心怀不轨的人手里。我想去见见她，顺便将面具带回去交给她妥善安放。”

伯爵沉吟：“未来，你就不怕你的时空机在18世纪遭遇什么不测，或者，也莫名其妙爆炸了？”

“我相信你的手艺，伯爵。”

“我们讨论的是概率问题，不是质量问题。我可没开玩笑。一旦时空机在18世纪坏了，你可能就得在过去的时空里等一两百年，让出生了的爱因斯坦帮你。”温格觉得，这是个不那么好笑的笑话。这么理解的话，作风严谨的伯爵，其实还是很风趣的嘛！

“恭喜你，伯爵，你让我成功动了带着你去18世纪冒险的念头。”未来似笑非笑地看着伯爵，“坦白说，其实你也是想的吧？我知道你一直很钟情威尼斯的马赛克玻璃艺术。”

伯爵盯着未来，半晌没说话，不知是反感王子的揭老底行为，还是暗中感谢他的盛情邀请。但是无论从哪个角度上想，温格总觉得，遇上面前这个王子，和这个王子成为朋友，每次王子穿越而来都要负责接待，是一项艰巨异常的任务。

显然伯爵要考虑的东西太多了，不似未来这般能迅速做出决定，他沉默了许久，倒是一旁的伯爵夫人有些等不及了：“去吧，亲爱的，也只有你总能处处化险为夷，将尊贵的王子照顾得好好的。”

“穿越时空，这不是户外旅行，需要充分准备。”伯爵似是极伤脑筋地支起头来。一面是美丽的威尼斯，一面是让人担忧的王子，真是个让人为难的抉择。

“我们一点点准备吧，会很快的。”王子微笑。

“我也想去。”昭拾说。

未来于是转过头去，凝望着昭拾的眼睛有一股王者的威严：“昭拾，刚才我还接到你班主任的电话，你已经在认识我之前旷了很多天的课，我不会允许你继续这样下去。”

昭拾立刻不高兴地耷拉下脑袋，而温格则不安地抓了抓头发，欲言又止。

未来像是看出了她心中所想，微笑道：“你的话，我可以考虑看看。”温格顿时心花怒放。

穿越时空！这种梦中才有的事，居然被她碰上！她高兴得立刻就拉住未来的胳膊连蹦带跳。

“太不公平了啊！”昭拾不甘地喊了出来。他现在十分懊悔当初的逃课。温格只好安慰他：“你和未来在一起，还有很多机会的。”

“在我不在的时候，就由阿基德监督你的学习。”未来又以长辈的口吻对昭拾说。

“我也可以的，照顾小孩子什么的我最乐意了。”伯爵夫人也插来一句，面容上有掩饰不住的喜悦。

“薇薇，你该休息。”伯爵当然是心疼夫人的，“照顾王子，你已经费了不少力气了。”

“真是的，你会把我养成猪的。凭什么你穿越时空，我就必须好好休息，不能玩呢？”

伯爵总觉得，女人就是这样，无论多大都不省心。他幽深的冰蓝色眼睛，在自家夫人身上转了一个来回，又看向温格，继而问未来道：“你真的打算把她带去？”

“我觉得这会是个好主意。”未来摸了摸温格的头，眯眼笑着，“我想温格也不会愿意，那么快就与我分别。”他的声音如同普罗旺斯薰衣草的味道，无比温柔。

“你真是……”伯爵顿了顿，最终没把各种繁复的指责说出口，而是用略带警示性的口吻道，“但是，王子殿下，我必须提醒你，她可是人类。这就意味着你必须好好照顾她，比照顾你自己更细心。你想过吗，我们可以随便找一个屋顶睡觉，一天不吃东西也没什么关系，可是她……”

“我也可以在屋顶上睡觉，我也可以一天不吃东西！”温格昂头抛下豪言壮语。

昭拾听到这样的话，忍不住笑了。

伯爵无奈，只得放弃劝说。放眼望去，这屋子里除了他以外就没有正常的。伯爵顿时满目悲凉，让阿基德推起他的轮椅识趣地离开。

“随你们了。我的书房里正好搜集了些古欧洲用的金币，我去找找。”毫无疑问，这是伯爵认输的表现。

伯爵走后，温格就问：“那么，是不是说，我们回来后未来你就要回到自己的世界了呢？”

未来垂下眼睑，若有所思：“我已在时空里漂流太久，的确不能多待了。”

是啊，未来的确待得够久了。除了他，还有哪位养尊处优的王子胆敢这样胡闹？

他是属于31世纪的，更是属于时空的。与他相识的朋友，遍布世界与历史。温格有些无言地凝视着未来。此时未来不知在想着什么，嘴角依然挂着梦幻般清浅而美好的微笑。俊美优雅，高贵从容。

这个带给她无数美好回忆的王子，马上就要和她说再见了。

温格想着，忍不住伸手去触摸未来的衣袖。这样的真实，以后就再也感受不到。

或许几年后，还可以见到未来，不过那个时候自己说不定已经有了孩子，有了家庭，已经深刻了解到，梦只是梦，而未来还是未来，31世纪尊贵的王子，永远不会老去。

温格忽然落下两行泪，在未来尚未察觉的时候迅速抹去。

遇见他以前，她一直都很爱笑，往后她要继续这样。她相信，未来更喜欢活泼开朗的自己。

忧伤及泪水，那不是她的作风。

“对了，威廉他问过我，为什么你最近见他情绪都不太对。”温格忽然想到了什么，问道，脸上是仿佛什么都未发生过的微笑。

然而这个问题却让未来不那么轻松了。有大片雨前的乌云，慢慢覆盖住王子俊美苍白的脸庞。未来的表情阴郁起来，甚至有些可怕。他银色的目光，却穿过这片乌云，不含悲喜地看着不远处。

“温格，我跟你说过吧，31世纪的吸血鬼圈子并不像21世纪这般和平。那个时候人类数量和吸血鬼相当，吸血鬼之间的利益冲突越发凸显出来。”未来的声音，低沉若管风琴的呜咽。

未来深吸一口气，有些疲惫地闭上眼：“31世纪的时候，威廉已经成了一个庞大的吸血鬼家族的元老，他阅历丰富，见识广，被不少后辈崇拜。我出生的时候，我所在的王室家族，和威廉的家族矛盾还不算太大，但是之后随着我慢慢长大，我们之间的纷争就越来越多，就在几年前，我们终于不得不兵刃相向。”

“也就是说，21世纪的威廉是接待你的朋友，但是31世纪的威廉却是你的敌人？”温格震惊。

未来沉默点头。

原来如此。

“所以我越来越不知道如何面对21世纪的威廉。假如我们注定要成为敌人，那么我和过去的这个威廉关系还是不要太亲密为好。否则一千年以后面对面交战，于他于我事情都会复杂太多。”未来继而又换上一副浅淡的微笑，“你看，穿越时空会有许多副作用。不过这件事，我还是希望你别让现在这个威廉知道，好吗？”

“我答应你，未来。不过说不定再过一千年，你们又和好了。”虽然说着这样的话，但是温格完全想象不到，一千年会是多漫长，其中的等待又会有多痛苦。

她仅仅活了十多年，就觉得有太多事情发生了。终归漫长生命中的喜悦与悲苦，只有吸血鬼知道。

“一千年……时间能猜到最后的结局，然而在其中行走的人却只能被命运所掌控。”未来轻轻摇了摇头，转移了话题，“你知道那个刺杀我的人吧？那个在我体内留下毒素的混血儿，叫做碧儿。31世纪的威廉，派他来追杀我。一年前，他的刺杀行动正式开始。”

温格咬唇。本来被刺杀就是她不敢想象的事情，而王子，天啊，他遭遇的追杀，可是跨越地点与时空的。

“我相信我去18世纪的时候还会遇到碧儿。从某种意义上来说，我就是打算去一个陌生的环境引他出来，然后做个了结。我带着解药，应该不会再次昏迷。无论如何，这个了结必须做。”未来银灰色的瞳孔，霎时深邃起来，其中蕴涵着强有力的信念。

“如果没有解药，我会一直昏迷在21世纪，那么吸血鬼的历史就会全部改写了。坠落于不属于自己的时空，绝对比在自己的世界遭遇不测恐怖很多倍。”许久，未来又说。

那么既然认识得如此透彻，为何还要一个人前往21世纪？温格深深叹息。

“其实我不害怕面对刺客，然而面对威廉派来的刺客，我却无可抑制地会退缩。”未来凝视着温格，眸色暗淡下来，嘴角有清浅的微笑，“曾经因为你，我有了收养昭拾的念头。这次，我想或许你在我身边，我就能够面对一切挑战。”

“你害怕迷失吗，未来？”她抬头看未来。第一次觉得，他与她如此近，他们彼此依靠。相隔千年的心，跨越时空紧紧相贴。

“很多时候，我不敢做决定。生命有太多未知，何况还是异时空。每次穿越都像一场复杂的神经手术，一不留神一切就毁于一旦。”未来的声音，不论在什么时候，都优雅若管风琴，引人沉醉。

温格点头，然后神色坚定地看着未来：“我明白了，我会和你一起去。我支持你做个了结，未来，你应该勇往直前。”

“去18世纪可能会很危险。即便是这样，也敢和我去吗？”未来的银灰色眼睛是那样耀眼，没有丝毫寂寞与悲伤的痕迹，明媚依旧，他的笑容诡谲而神秘，“说不定，会比你在鬼屋和剧院中所经历的都要恐怖。”

“我当然要和你一起去的，未来。”温格想也不想就回答他，露出异常坚定的笑容。

自鬼屋事件后，他们就一起经历过许多事，难免会心有灵犀。

就当这一场穿越，是壮丽的欢送会。

“温格，我会永远记得你。”未来轻叹一声，嗓音低沉而苍凉。如此，守候这句简短的誓言，或许是他在遥远时空的彼岸唯一能为她做的。

2

蝴蝶金伯爵已经八百岁了，这也就意味着他经历过人类文明史上最动荡的一段日子。

伯爵有一个大仓库，堆满了旧时期的衣物饰品，未来选定目的地后，就带温格去大仓库里淘宝。毕竟，穿着21世纪的衣服前往18世纪从而被惨无人道地围观是谁都不想碰上的。

仓库边的茶室内，坐着伯爵和伯爵夫人，还有昭拾。

在高脚凳上，大眼睛的少年悬着两条细瘦的小腿，享用着上等的祁门红茶，也算在伯爵的家里体会过一次贵族的生活。

昭拾时不时抬起头来，看向茶室门口那面明亮的落地镜。温格和未来此时正忙着挑选18世纪的衣物，在仓库和落地镜之间往返着，间或传来让他极为艳羡的嬉闹声。因为学业而被禁止时空旅行，这让昭拾很难释怀。

伯爵也由着未来和温格在自己颇有些历史的仓库里调皮捣蛋，就当那是两只偷偷摸摸溜进来的仓鼠。

“我和威廉第一次见到王子是在三十年前，时间过得真快……想当初，还真未料到，为人彬彬有礼的王子殿下会那么不安分。”伯爵神情忧郁，仿佛是收到了与网上描述严重不符的商品，被欺骗得欲哭无泪。

“这不挺好的嘛，很热闹啊。”伯爵夫人一面说一面喝着红茶。对她来说，无论怎样的经历都有其值得享受的地方。容易认真的伯爵和乐观开朗的伯爵夫人，是在外人眼里没有比这更能用绝配来形容的一对了。

“薇薇……”伯爵呼唤夫人的昵称，口吻中带着埋怨，神色却如云雾初开，明朗起来。这个昵称一直是治愈他的咒语，能降伏一切邪恶。

温格在伯爵的仓库里选中一条香芋色的连衣裙，织锦绣花暗纹，配深紫色的缎带。极具洛可可特色的百合在夸张而美丽的缝裙上以C形怒放着，错综复杂地纠缠成一束束。永不凋谢的花在内里裙撑架的作用下更显妖娆，向四周扩散开去，一片花的海洋，好不鲜亮。温格一下就爱上了它。

这裙子曾经的归属者必然是一位身姿曼妙的欧洲少女，然而欧洲人的骨架到底比亚洲人宽大。温格站在落地镜前试穿，本该露出锁骨的裙子，就连肩膀也露出了大半，温格只得双手叉腰，防止裙子进一步滑落。

伯爵看着温格试衣服，忍不住就微笑：“我都忘记了自己还有这么一条裙子。”

温格回头，对着伯爵有些不好意思地笑：“谢谢你，伯爵，给你添麻烦了……嗯，大概不得不借一下你的裙子。”

伯爵夫人立刻放下茶杯，有些激动地握住伯爵的手臂：“是吗？那个小女孩在试穿洛可可时期的裙子吗？啊，好想看！”

伯爵被夫人突如其来的动作吓了一跳，面色柔和地对温格说：“我很高兴这条裙子找到了它的新主人，不过看起来有些大，阿基德可以帮你做得更合身些。”

这时未来也走出仓库来，他身穿一件颇显身形的暗金马甲，头上戴着一顶银白帽子，其上的羽毛立得高高的，仿佛可以高耸入云。

伯爵抚额：“好吧，未来，鸭子和帽子对你来说是必不可少的，当它们结合成鸭毛帽子的时候，你则更加无法自拔。”

未来没理会这样的嘲讽，单膝跪在温格身后为她调整束腰，缎带不轻不重，既显现了少女纤细的腰肢，又不会过紧以致影响器官的正常运作。未来的手法是那样娴熟，看来，他绝不是第一次前去探寻欧洲的历史。

未来理了理温格的短发，然后为她戴上一只深蓝色的蝴蝶结发箍，这样，温格简直就是一个活脱脱从油画里走出来的古典少女。未来看着温格露出满意的微笑。

伯爵看着，忽然觉得其实带着这样一位漂亮的小姐出发也不错，至少极为赏心悦目。

“伯爵，这个很适合你！”未来又反身进入仓库，再次出现的时候，手里抱着一件酒红色的长袍，将之抛给伯爵。伯爵夫人又忽然捉住伯爵：“亲爱的，你要穿什么？”

“红色的衣服。”伯爵消瘦的手拎起衣服看了看，深深蹙眉，“太年轻了，颜色太鲜亮了。”

“你要敢于尝试。”未来也有反过来教育伯爵的一天，“你要勇于展示自己不凡的外貌，不该总像古董一样活在黑白照片里。”

末了，未来又抛给伯爵一样白花花的东西，伯爵一看，是假发。

“因为我是长发，所以没太大关系，但你得戴假发。”未来道。

“不过我最厌烦的倒是洛可可时期男性的长筒袜。”伯爵说。其实21世纪的男性一般都不会喜欢长筒袜的。然而伯爵更甚，他双腿有疾，细瘦如柴，如果穿上极显腿形的长筒袜，那么效果可想而知。

“那件袍子可以有效地遮挡你的腿部，伯爵，”未来说，“实在不行这条毛毯你就盖在腿上吧。”未来又以极快的速度进出了一次仓库，抛来一条黑色的毛毯。将之放置在大腿上的伯爵，原本就高贵的气质更是显露无遗，只是本人好像不那么高兴就对了。比起装扮，他更担心此次时空旅行的安全问题。

“奇怪，这里别的东西很多，但唯独帽子不多。”温格在镜子前照着一双穿在脚上的18世纪女鞋。这种鞋子鞋底很薄，不适合走路，却极适合跳舞。

“王子以前来我家的时候，进行过不止一次的洗劫，把大部分喜欢的帽子都运回了31世纪。”伯爵声音清淡，回答倒是流畅无比。

“伯爵真是慷慨的人。”

“过奖，自从遇上未来后，我就不太想再看见帽子这种东西了。”伯爵摸着腿上的毛毯，如是说，“就像，不想再见到鸭子。”

温格以周末和同学一起去郊区采风为由，向父母请了假。一周后的周五下午，做足准备的三个人坐上时空机。

好在这是架非常方便的机器，只要按下开关就能够瞬间抵达目的地。

威尼斯，水神的故乡。

此时正是夜晚。

时空机一降落就掉进水里，伯爵不得不操纵巨大的翅膀将时空机带到干燥的地方整修，暂时离开了未来和温格。

夜晚的异域显得甜蜜而神圣。

温格挽着未来的胳膊站在石桥上观望着整座城市。

威尼斯的水巷中，浮着指引船只的，星星点点的灯火。水面的波纹被映出一圈圈的浅金色，挂着烛台的房子内有温馨的人语声。不知是从哪里传来的年轻少女的轻声哼唱，许是时下流行的歌剧。

这座以水为路，以船代车的美丽城市，在21世纪被列入世界遗产名录。因为过于潮湿以及河水的腐蚀性，威尼斯已经鲜少有人居住，白天有大批游客前来观光，夜晚则是空城一座，其反差之巨大让人叹惋。

因此，重见18世纪威尼斯的辉煌，温格觉得很幸运，再美丽的珠宝也比不过没落文明的复兴。

此时，威尼斯还并未成为意大利的一部分，是为威尼斯共和国，由当地公爵统治。这里是水上的乐园，艺术的圣殿，成功的商人及寻找庇护的艺术家皆来往于此。

未来打开随身携带的地图，夜视能力极好的银灰色眼睛闪着幽光，在一片黑暗中寻找着地图上的有用信息。温格在来之前见过那张地图，画满她所不能理解的拉丁语和吸血鬼才懂得的图腾。未来说那是张颇为详尽的18世纪地图，各种名人的居所都罗列在上面。

“找到做面具的手工艺人，我们要走过两座桥，还要乘船过一个拐角。”未来细长的手指点了点地图，“不过不出意外的话应该很容易找到。”

“我好想见见啊。”温格由衷地说道，“能做出那种又美丽又厉害的面具的人，我真想见见。可以的话，让她用羽毛笔为我签个名吧！”

未来看了温格一眼，似是极随意地问道：“你怎么不让我给你签名呢，温格？”

温格一惊，生怕自己一个不注意伤害到了王子殿下的自尊，忙在身上摸出纸笔：“啊，我忘了……对了！我怎么没想到留王子殿下的亲笔呢！待我一代代传到31世纪，说不定会有大用处！”

未来也就没客气，接过纸笔洋洋洒洒地用花体写下自己的英文名——FUTURE（未来）。

真是一个极美的名字。

温格小心翼翼地保存好未来的签名，感觉还挺微妙的。

两个人按照地图所示，坐着贡多拉（**威尼斯特色小船**），由船夫送过一个拐角。未来用拉丁语与船夫交流几句，温格问说了什么，未来就说他问了船夫最近威尼斯有什么大型活动，船夫回答最近正好有公爵为一个名为提埃坡罗的壁画家举办的假面舞会，由室内到室外，场面非常浩大，几乎是举国欢庆。温格就来劲了，嚷嚷着无论如何都要去见见。

未来和温格来到一扇红褐色的门前。温格抬头，借着门前的烛光看到一些贴在门上的陈旧张贴画，字迹已模糊不堪。

未来说，制作面具的手工艺人名叫玛格丽特，她生来就有不可思议的能力。这里是她住的地方，也用来营业，她靠卖手艺为生。当然，她一般卖的都是普通人日常生活能用到的，例如黑白威尼斯面具等有魔力的东西，只是她偶尔做的。

此时停在玛格丽特小姐门前的二人，闻到房内传来一阵古怪的味道，既不像药味，又不像化学品，不知道是不是屋子的主人才思泉涌，研制着什么新奇的玩意。

“这样来找她合适吗？我的意思是，她是做出那种危险面具的人啊，你不怕她会伤害到你吗？”

“来之前阿基德帮我调查过玛格丽特小姐的一生，应是没有问题的。”未来舔了舔嘴唇，“再说，我喜欢未知与挑战。”还不待温格说下一句，未来就伸手敲门。

过了好长一段时间，门才打开。开门的正是玛格丽特。

她花哨的衣裙，显示出身材的丰满，只可惜这件蕾丝繁复、褶皱工整的衣服却油渍斑斑，陈旧无比。她系着一条脏兮兮的围裙，一张圆滚滚的脸上是如迷失在云雾中的朦胧表情。她金发碧眼，唇红齿白，如同洋娃娃般可爱极了。

如果说玛格丽特陈旧的小屋里还存有什么光鲜亮丽的话，那毫无疑问，就是玛格丽特小姐那张姣好的面孔了。

当玛格丽特小姐打开门后，未来有一阵的失语。

玛格丽特小姐的装扮无疑暗示了她生活的拮据，但是透过门的缝隙看见货架上结满的蜘蛛网又是另一回事了，原来玛格丽特小姐做的东西都不怎么能卖得出去，不过，这还不是最让人诧异的。

未来又看见货架前的桌子上摆着一盘热腾腾的糊状面条，之前在门口闻到的奇怪味道，无疑是来自这盘食物。

看来，玛格丽特不怎么擅长烹饪啊，或者是买不起正常一点儿的食材？未来的目光，不自觉地就柔和下来。

玛格丽特眯起眼睛，神色朦胧地用拉丁语向未来打招呼。

活了三百年的吸血鬼对人类的语言已然掌握得非常娴熟。未来从容应对，嘴角有极具绅士风度的微笑，那完美的伪装绝对不会让人想象到，他来自31世纪，且是一只吸血鬼。

但是谈话间，未来还是会不受控制地皱一下鼻子，从玛格丽特小姐嘴里冒出的怪味，嗅觉灵敏的吸血鬼实在难以忽视。

未来无法想象，怎会有人能够做出那么奇怪的食物，这样吃下去，真的没问题吗？于是他忽然打心眼里庆幸自己是吸血鬼，至少食物的味道他不用担心，只要是鸭子血就好了。

对于旁观者温格来说，这就是一场奇葩与奇葩的相遇。

未来和玛格丽特，都是自己所在种族里的极少数。这一点毫无疑问。

未来说明来意后，便将风衣里的面具拿出，玛格丽特张望着，依然一脸迷惘。未来像是明白了什么一般，将面具凑近玛格丽特的眼睛，用力晃了晃，玛格丽特耸了耸肩，驼着肌肉壮实的背迈进屋子里，将糊状面条旁的眼镜戴上，然后仰起脸用一边镜片破成网状的眼镜对着来访的客人。

未来走近将面具捧上，和玛格丽特进行了一长段对话。间或他也翻译成中文告诉温格，玛格丽特受当地吸血鬼猎人的委托，制造过几件用来封印吸血鬼的道具，不过她本身对吸血鬼并无恶意，知道任何一个种族都有好人和坏人。她天性善良，哪怕别人带着重金前来委托，她都不会制出意图杀害吸血鬼的道具。

聊着聊着，玛格丽特就与未来熟络了，坐在桌边一边吃她的怪味面一边和未来攀谈。温格则在参观货架，发现玛格丽特最喜欢做的还是布偶，都是或哭或笑的小丑娃娃。这些娃娃大多由五种以上的碎布料拼凑而成，显得光怪陆离。

玛格丽特说，她天生就能赋予物品奇特的力量，因此一直无法很好地融入当地人的圈子。平时她会注意着，做普通物件的时候不动用自己的奇特力量，但是当她困倦的时候力量就不受控制了，于是买了她物品的人，会被扫帚抽打，被床单裹在床上勒得喘不过气来，会被挑剔的汤匙指责厨艺不佳……总之，状况层出不穷。

然而有一句话叫“墙里开花墙外香”。不少外地的奇人异士，比如吸血鬼猎人、科学家、药剂师，听闻玛格丽特小姐的异能，会千里迢迢前来威尼斯她的破旧房子里找她，寻求各种特殊的帮助。未来手上的面具，是她在三年前卖出的，供一位英国的吸血鬼猎人镇压在小镇威特比为非作歹的吸血鬼，昂贵罕见的原材料，也都是客人提供的。

至于之后面具去了何方，玛格丽特小姐自然无从知晓。而今这面具再次回到她手里，甚至是从三百多年后穿越回来，她感到惊奇，不过她相信这是上帝的旨意，或许在不久的将来，她会再次碰到需要面具的客人。

未来说，这对黑白面具时隔百年魔力依然强大，被有所企图的人使用会波及无辜的吸血鬼，除非特殊情况，最好不要再次售出。玛格丽特点头说好，她答应远道而来的穿越者，倘若她有子女，一定会告诫他们妥善保存面具。

玛格丽特搬来一只小凳，站上去，将黑白面具摆在货架的顶端。

“现在，你最后一桩心事了结了。”温格对未来说。她看着那质地精良的面具闪着微弱的光芒，在一排小丑娃娃中显得尤为突出。

温格忽然有些不舍。毕竟，这两张面具是一切离奇事件的源头。

玛格丽特小姐也贩卖普通的威尼斯假面。未来买下两张半脸面具，留下丰厚酬金后，就准备告辞。

而玛格丽特接过报酬的时候，又露出了她极具特色的迷惘表情，她从未碰过那么多金币，呆立在门口，看着未来领着他的小女孩渐行渐远，忘了说再见，也忘了要擦掉嘴角的食物残渣。

温格挽住未来的手臂，与他行走在威尼斯的街道上。一高一矮的两个人，步调却十分一致。

此时已是深夜，街上几乎无人，店铺也都关了门，但温格依然觉得很兴奋，毫无困意，在未来身边她就很开心。

“啊，我忘了向玛格丽特小姐要签名！”温格忽然说，脸上有深深的惋惜。

为了不显得太怪异，温格费了很大劲才忍住手瘾没带相机穿越而来，可是又没要到签名，感觉就太亏了。18世纪神奇手工艺人的亲笔签名，意义是何等之重大啊。

“你不用懊悔，玛格丽特小姐并不识字。”

“是吗？”温格愣了愣，也就不似刚才这般惋惜了，“但是玛格丽特小姐说，她会告诫子子孙孙妥善保管黑白面具，那么，她真的有子女吗……会在什么时候呢？”

“的确，她没有子女。”

“咦？”温格诧异，“虽然玛格丽特小姐人怪了点，但是她看起来十分善良啊，为什么就没有一位绅士发现她这位灰姑娘呢。”

“啊，不，确实有人发现了她这位奇特的灰姑娘。”

温格表示不理解，抬头看未来神秘莫测的微笑。

“阿基德调查后告诉我，之后，玛格丽特会和伯爵夫人一样，嫁给一位吸血鬼，正因为如此，我才敢穿越到此，将面具放心地交给她。她那位会在不久的将来出现在她面前的丈夫，一定会理解我的苦衷，与她一起妥善保管面具。”未来一边说一边挽着温格，走过一块块石头制成的地砖。水面上吹来带有水藻味的清风，扬起他银色的长发。未来伸手，压了压帽子。

温格想，那对于玛格丽特小姐来说，会是不错的结局。

然而温格又突发奇想，拉住未来就问：“那么未来，你的新娘又会是怎样的呢，她能容忍你的独特吗？”

“我怎可能知道。”未来眯起银灰色的眼睛，抬头去看威尼斯静谧无声的月亮，“或许，她就在异时空中，等待我。”

这天夜里，温格和未来找了一家小旅馆住下，听着墙壁外的波浪歌唱，渐入梦乡。

3

提埃坡罗是位享誉欧洲的威尼斯壁画家，专为教堂作画。彼时，他刚从德国维尔茨堡官邸作画归来，威尼斯公爵为迎接他，即将举办三天三夜的假面舞会，举国欢庆。

威尼斯是个艺术大都会，这样的欢庆一年中会以各种借口举办许多次。届时，画家、剧作家、歌唱家都将欢聚一堂，畅聊欢饮。

伯爵在舞会当天安置好时空机并回到温格和未来的身边。威尼斯到处都是水，因此行动不便的伯爵选择待在小旅店看书，未来则在夜晚带着兴高采烈的温格出门参加舞会。两个人戴着一大一小两张浅蓝色的半脸面具，露出一双眼睛以及下巴。

舞会的夜晚，灯火与裙摆的夜晚，假面主宰的夜晚。

千万张面具哭哭笑笑，眉宇间，绘着海浪的波纹、人鱼的泪珠，或是从乐师谱中偷跑下来的高音谱号。面具的神韵则跟着嘴角的弧度变化，有小姐的端庄，也有流浪者的嘲讽。

面具造型各异，有出自民间传统手工艺人之手的，也有花样奇特来自新生代艺术家的。人间百态，都在这面具上。

对于素食吸血鬼未来而言，在人潮汹涌的盛会里穿梭也有难以言说的乐趣。就比如，他牵着温格在街上跟着人流走，会忽然有同样戴面具的人钻到面前与他握手，说的自然是歌剧般动听的拉丁语。

而后，当那人又瞬间消失在灯火阑珊处时，未来才扭头告诉温格，那是吸血鬼，见到同类特地来打个招呼。

未来个人很喜欢这种不经刻意安排的相逢，而人多的地方，碰上这种相逢的概率，也就大出许多。这或许就是他爱上时空穿梭的原因之一。

吸血鬼漫长的生命，太需要奇迹来驱散其中的荒芜。

“在历史的长河中，吸血鬼就像吉卜赛人一样，浪迹天涯，珍惜每一次来之不易的相逢。”未来如是说，声音里有一股罕见的寂寞。四周的欢声笑语，皆因这句话，而在温格的耳旁淡退无声。

“刚才那只吸血鬼，都和你说了些什么？”为活跃气氛，温格就问未来。

“哦。”未来神色平静地望着温格，“他问你是不是我的恋人。”

温格的脸红得简直要滴出血来，幸好面具遮住了她的异样。

她抬头仰望繁星。这是18世纪的天空，清朗无比，星星像钻石一般耀眼。

舞会结束，未来就要回31世纪了吧。她也想和未来有更深的交往，但是他们之间偏偏相隔一千年。

一千年。如果这世上存在轮回，她又不知重生多少次。在这样的距离面前，暗藏的情愫显得不堪一击。

温格忽然觉得自己有点儿被吸血鬼同化了。

今夜，她多希望水城威尼斯不会天明。

“我们去坐船吧。”未来的声音让温格回过神来，转眼间她已被未来拉至码头。

“不是已经坐过船了吗？”温格说。

“上次去找玛格丽特，并没有好好享受在船上的时光。”未来说完，便和船老大攀谈起来，然后他选中一条船，伸手将温格抱下岸来。船夫是个中年男人，精壮的手臂上绘着昭示信仰的图案。他秉着一盏油灯，细长的船桨撑起来，撩起浅浅的水波。

威尼斯的小船贡多拉极有特色，它像极了弦月，中间客人坐的地方弧度饱满，两头则尖尖地上翘，一头甚至翘得很高。

船夫就是站在那高高的一头的，笔直的腰杆，也是一道亮丽的风景。坐在船里的游人仰头，就能看见船夫的身姿静美如画，背景是浩瀚的夜空，群星闪烁。

每一位威尼斯的船夫，都是水的魔法师。

因为节日的关系，在河水里漂着的船也比平日多出一倍来。绅士淑女们戴着面具在船上有说有笑，他们或许彼此相识，或许从未见面，在不知面容的情境下，进行一场神秘的聚会。

温格也很喜欢看着自己的裙摆敞开，如同是花怒放在贡多拉朱红色的椅垫上。

温格与未来面对面坐着。

她看着戴着面具的未来，看他在夜晚闪着奇异幽光的银灰色眼睛。她想到他们的初遇，在心中感慨时光如梭。

温格的面具掩饰着她因离别将至而浮在面孔上的失意。她能肯定，眼前这只活过三百年的吸血鬼一定没能察觉到她的悲伤，因他依然笑得俊美无忧。

这样想，她越发觉得悲伤起来。那悲伤就像威尼斯的水，无所不在。

18世纪，洛可可时期的威尼斯，公爵为画家举办的舞会，将会是他们情谊的终结地。面前一片繁华，姑娘们的裙摆，灿若烟花。

一艘艘游船中，间或来往着商人的船只。

商人的船只布局简洁，摆满货物，极好辨认。

商人一边划船一边向客人们兜售商品，他们说着一口流利的拉丁语，极具地方特色的卷舌抑扬顿挫。不得不说，舞会真是精明的威尼斯商人们赚钱的最佳时机。

“你有什么想要买的东西吗？”未来问。

温格苦笑。未来真是位极温和的王子，但是她真正想要的，却并不是那些用钱能够换得的。

就在这时，温格听见周遭女性一片惊呼，条件反射地回头，只见一位东欧国家装扮的商人划着船优哉游哉地靠近。他的小船上发出轻微的响动。温格屏息凝视，看到他的船上摆着几只做工精巧的金属小笼子，里面装着毛茸茸的小动物，发出求救般的叫唤。

温格仔细瞧着，就见一只毛茸茸的小动物紧紧抓着笼子，用奇大无比的眼睛楚楚可怜地看着她。温格不由轻声惊叫：“啊，是小猴子！”这里的商人居然敢抓猴子来卖，实在是太残忍了！发现这个事实的温格忽然觉得，猴子那双水汪汪的眼睛真是像极了昭拾。

也不知道昭拾现在在21世纪，有没有认真上课。

“是狐猴吧。这类小巧的动物，极受当地贵族的喜爱。”未来慢条斯理地回答，顺带抬眼一扫身边被动物吓得花容失色的淑女们，不由会心一笑，“不过，有很多胆小的女士对此类生物十分畏惧。”

“太可怜了，未来，把它买下吧，然后放它走。”温格指着那只在商人船上盯着自己看的小猴子。商人很聪明，虽听不懂温格的话，但是看她的样子，也嗅到了商机，于是立刻哈着腰对未来说了一长串的拉丁语。然后未来斜眼瞥了温格一下，不清不淡道：“他知道你看上了小猴子，所以要价很高。”

温格急忙道歉："不好意思，是我表现得太明显了。"

温格船上的船夫，知晓船客要买东西，体谅地停止了划船，贩卖小动物的商人也停止了划船，两条船紧挨着，然后未来开始和商人议价。

身边的船只，只要是有女士在的，一律都绕远了未来和温格的船。

最终，未来买下了小狐猴，而商人则意气风发地划远了。

温格打开笼子，小狐猴一下子就蹿到她的肩头，像是抓住救命稻草似的，紧紧扒住她的领口。温格忍不住道："好可爱啊，都舍不得放掉。"

未来托腮："钱差不多要花完了，看来舞会后不得不快些回去。"

"它很贵吗？"

"怎么说也是进口的，自然不便宜。"

温格莞尔，尽情与小狐猴玩耍，都忘记了时间。

就在她掬起一捧水想要喂给小狐猴时，一阵阴冷的风忽然席卷而过。

温格的手情不自禁地一抖，香芋色的裙摆被水染成深色。

那是，杀气。

温格迅速抬头，只见眼前，未来的身后，立着一个熟悉的身影。

包裹住下半张脸的藏青色厚重围巾及米色的披风，张狂地在夜色中飞舞。蓬松的茶色头发下，是一双过于冷冽的眸子，握着剑的手笔直有力。

温格的脑海一片空白，而后眼前清晰浮现出四个字——杀手碧儿。

刺杀王子的杀手，如夜之死神一般悄然降临，落在船头。

他终于如未来所料，穿越时空，尾随而至。

一贯安分守己做本分生意的船夫被忽然出现的执剑男子吓得不轻，一不小心后退了半步就落入水里，激起一片水花。未来垂下眼睑，在面具下的脸看不出任何思绪。

未来背对着碧儿，碧儿一动不动地站在未来身后，温格惊恐地看着碧儿，画面瞬间定格。

忽地，未来厚实的风衣大幅度地旋开，他从怀中抽出手杖，用力一拔，手杖没了外壳，成了一把细长锋利的剑，泛起冷光。

一切只发生在一秒内。

这次，未来早有准备。

未来的剑，迅速挡开碧儿刺过来的剑。两个人缠斗在一起，金属碰撞的声音清脆刺耳，震颤着温格的耳膜。她紧紧盯住二人的声音，却不知是谁脚步一乱，二人双双跌入冰冷的河水中，这下水花溅了温格一身，小狐猴抱着温格瑟瑟发抖，嘴里有惊恐的吱吱声断断续续冒出。

水面忽然平静下来。

贡多拉上，一眨眼的工夫只剩下温格一人。

她茫然环顾四周，周围一条船都没有，本没有被小狐猴吓走的船只，不知何时也早早撤离。

温格看见失足落水的船夫冒出脑袋来喘气，对于一个船夫而言，不会游泳那就太糟糕了。他回头看了温格一眼，眼睛里是看到怪物一般的恐惧，然后他就奋力游开去，连船都不要了。

然而这片水域中的惊心动魄一点儿没有影响到岸上的喧闹。也有贵妇们挽着伴侣停下步子，好奇地打量着只身站在船中的温格，脸上带有好奇的微笑。也有人向温格打招呼，温格却根本听不懂他在说什么。

未来……

温格忽然发现，没有未来，这个美丽光鲜的城市对她而言就是冰窖，她寸步难行。

未来，未来。温格提着裙子在船上转着，如同热锅上的蚂蚁，眼睛一刻不离水面，在心中默念着未来的名字。

少女娇小的身影，在满天的繁星之下显得十分无助。

约是过了十五分钟，一双湿漉漉的手攀上船来。温格心跳如鼓，然而没有料到的是，率先浮出水面的，却是茶色的头发。温格惶恐地握起船桨，护在胸前。她喘息急促，却知此时此刻只有自己能保护自己。

碧儿一翻手灵巧地跃上船，一双冷冽的眼睛在船的那端打量温格。

温格的心顷刻间像是跌入了万丈深渊。

未来，他究竟怎么了。

她看着面前浑身滴着水，恐怖程度不亚于尼斯湖水怪的刺客少年，双手冰冷，抖个不停。

小狐猴早已钻进她的衣服里，比她还害怕。

碧儿的围巾不翼而飞，一张秀气而不失刚毅的脸彻底暴露在温格面前，与威尼斯的假面之夜格格不入。越来越多的人站在岸边围观，却不知实情。

温格一脸戒备地看着碧儿，碧儿亦面无表情地看着她。

渐渐地，她感到出奇地安宁，连她自己也觉得奇妙。她想到与未来的初遇。他是那样一位超凡脱俗的王子，身处险境却一贯从容，仿佛他本身就是一种信仰，相信一切，终将化险为夷。

不知从何时起，她也被这种信念感染了。

无论何时，都不能缺少信念。活下去的信念，一定能活得更好的信念……

最终我们，都会好好的。

对吧，未来?

碧儿一点点靠近举着船桨纹丝不动的温格。他手上的剑，本紧紧贴着防水靴，此时，慢慢倾斜出一个弧度，对准温格。

温格直视明晃晃的剑，心中有一股可以被称作勇气的东西，如惊涛骇浪，汹涌而温暖地澎湃着。

碧儿的脚步很轻，没有丝毫声响。对于岸上的人来说，这简直就是一出别致精巧的戏剧，河水为台，星空为幕。然而其中的惊险，只有当事人知道。

一定没事的。一定可以回去的。

温格凝视着碧儿的眼睛。那是一双具有魔性的眼睛，却摸不清思绪。

31世纪的混血杀手，近在咫尺。

死亡，也近在咫尺。

但那没什么大不了的。

“喂，你……”温格鼓起勇气开口，大声道，“你把未来怎么样了？”她忽然觉得自己就像个女战士，无所畏惧，因此所向披靡。

回答她的，却只有呼啸在耳畔的夜风。

碧儿沉默，自有杀手的低调与内敛。他将剑举到她的眼前，她看清了剑上的血槽，和着虎口处因习剑而落下的旧疤。温格的眼睛一眨不眨。她握紧了手里的船桨，如果迫不得已，她会用尽全力拼出一条生路来。她准备好了。

碧儿慢慢抬头，不变的面色忽然多了一抹惊愕，手里的剑也微微偏了一下。

温格感应到了什么似的回过头去，才发现船不知何时漂到了一座桥下。桥上不少人正弯下腰来俯视他们，五颜六色的面具中却有一张没戴面具的脸。

那张脸亦俯下来，饶有兴致地看着他们。

那张脸，温格是如此熟悉。

那张脸上有双棕色的眼睛，如同慵懒的狮子一般。

威廉卡尔。

他穿着一身18世纪的服装，假发依然遮掩不去他超脱的气质。

他怎么会在这里？

他甚至没戴面具。今夜全城狂欢，只有不知情的外乡旅人，才会不戴面具。

就在这时纤细的贡多拉忽然剧烈一震。遗失了面具的未来跳到船上，在那高高的一端，发出一声响亮的低鸣。

那是一种示威般的，只属于吸血鬼的叫声。吸血鬼王子未来，他终于褪去他一贯从容优雅的外衣，银灰色的眼睛暴怒地瞪着碧儿。那是吸血鬼真实的面目。他站在星空之下，水淋淋的长发紧贴着苍白的面颊，如一只被打扰了睡眠的魔兽，又如黑夜的君王，英姿勃发。

他在温格身后，离温格如此近。温格回头，就能看见未来锋利的指爪。以前，她都不曾刻意关注过，这一刻，她终于意识到他是真实的吸血鬼，也就无法不受到惊吓。

温格一下子就跌坐在船里，和钻到她怀中的小狐猴紧紧抱在一起。

碧儿依然面无表情，作为职业刺客，他对目标的特点自然了如指掌，当然不可能被轻易震慑。

原本在岸上观望的游人尖声惊叫，四处逃窜。

碧儿顿了顿，忽然就转身跳至桥上，消失于人群中。

未来本想去追，但转念一想，还是一把揽过温格的腰轻盈旋身，就将她带到岸上。

4

未来拉着温格进入无人的街巷，靠在冰冷的墙壁上。

他已然恢复原状，俊美而高傲，是一位优雅尊贵、与常人无异的王子。只是银灰色的眼中，依然有难掩的愤怒。

“抱歉，因为我一时疏忽，让你身处险境。”未来说。

温格还未从紧张的气氛中缓过神来，她握住未来毫无温度的手，颤声说：“未来，我刚才看见了威廉卡尔。”

聪明的小狐猴仿佛知道危险已经过去，忙从温格的衣服里面钻出来，在她的肩头不安地扭动着脑袋。

未来双手拧着头发将水挤出来：“我知道，我也看到了。这是个太意外的巧合，我可以肯定21世纪的威廉卡尔没有跟来，他不知道我们的穿越计划，所以我们见到的这个，一定是18世纪的威廉卡尔，他恰巧在这个时候也来到威尼斯游览观光。”

原来如此，这真是太巧了。

威廉毕竟是活了一千五百年的吸血鬼，在18世纪游历到威尼斯，的确不是不可能。碧儿是威廉在31世纪雇用的刺客，他看见自己的雇主出现在18世纪，有一瞬间的失神也是理所当然。

那一刻，谁知道，又有谁能肯定，所见到的威廉是哪个时期的呢。

时空旅行，奇妙无穷。

温格想到伯爵说的话，上帝在关上一扇门的时候，也会打开一扇窗。生活一定不会太糟糕，一定会有曙光。

料理好头发，未来双手握住温格的肩膀，倾身望进她的眼睛：“温格，现在我就去将碧儿的事情解决一下，需要一些时间，你去我们休息过的小酒馆和伯爵在一起，好吗？你认得路吗？”

未来的手冰冷而轻柔，他银灰色的眼睛与身后的繁星重叠在一起，让人看不真切。温格咽一口唾沫进干涩的喉咙，眼角跟着抽痛起来。她看着未来，目光有痛苦也有哀伤，却不知说什么。

这大概是最后的战斗了。只有这一次，不再是游戏。

未来没有笑，就这样看着她，面容是罕见的肃穆。

夜风，冰冷得刺骨。

未来伸手一把扯掉温格的面具，柔缓的声音，有说不出的沉重："听我说，温格，碧儿说不定会找你做人质，所以你要快一些回去，用最快的速度，伯爵会保护你。我这里还有一些金币，你去买一张不一样的面具戴上，然后找人多的路走，别被认出来。"未来将一袋金币放到温格的手里，"听清我的话了吗？我可以相信你吗？"

温格觉得自己喉中仿佛有火在燃烧，勇气与恐惧成了燃料，让那火焰越烧越旺。

"你怎么可以不相信我，未来。"终于没有忍住，温格哽咽起来，她紧紧抱住面前的身体，大滴滚烫的泪水融进深入夜幕的风衣里，"未来，别冒险了好不好，我好害怕，再也见不到你……"

他是吸血鬼，他没有体温。似乎近在咫尺，又似乎远在天边。紧紧抱着，仍像是抱了一团冰，一点儿没有真实感。这让她更哀伤。

未来抚摸着少女柔顺的发丝，那些发丝被尽数梳至脑后露出饱满的额头，用一只发箍固定住。

"温格，别怕，哪怕行动失败了也没关系，伯爵一定能送你安全到家。"未来说。

"那你呢？你明明知道我担心的不是自己。"少女抬起红肿的眼睛，哑着声音问。她知道自己可以平安，她相信他，这是一种信念，犹如信仰坚定无比。但是她不要他有意外，倘若这场美梦以坏的结局告终，她情愿没有过这个梦。

"我和碧儿无论在哪个时空，最终都会有一次决出胜负的争斗。"未来的银灰色眼睛里再次盛满笑意，他松开她，冰凉修长的手指滑过她的发丝，如管风琴般优美的声音悠远而坚定，"你必须离开，温格，越快越好。"

"未来，我不要离开……"温格紧紧拽着未来的衣服，不愿放手。

"跑吧，温格，跑。"未来如此坚定。他扯开她的手，用力推开她。温格踉跄几步，却依然迟疑。

"未来……"温格哭叫着他的名字，却又不敢叫得太响。

未来，求求你好好活着，我们一起回21世纪。

未来，不要给我一个那么美的梦，却又留下那么深的伤。

未来……

未来。未来。未来。

“跑！”未来的目光一暗，用低沉的嗓音对她发号施令。

这不再是个游戏。不可以放弃最初的信念。

温格抽了抽鼻子，抹掉眼泪，提起裙子，用力跑起来。风送来未来的声音，他叫她跑，一直跑。这是一条生路，不再是个游戏，不再是。

她一口气冲进人群才敢回头。

她惊魂未定，捉住一个卖面具的小贩，和他比划了一下手指头，戴上一张粉色的面具，继续跑。泪水在夜风中干涸。她忘记自己什么时候停止了哭泣，只剩下坚定的信念在心中。

未来，我等你。我们一起回去。

假面舞会的高潮开始了。四处都洋溢着美妙的乐曲，歌伶美妙的歌声此起彼伏。跑在人最多的路上，起先不觉得有什么，但是越往前越挤，温格甚至被挤出了既定的路线，不得不随着人流前进。

温格心急如焚，却毫无办法，只得任由自己的身体被挤到一处华丽的厅堂，当中正有人在宣讲着什么，一片人鼓掌叫好。看他华贵到无可挑剔的装扮，温格猜想那人必然是举办舞会的威尼斯公爵。

宣讲完毕，舞会继续。穿着裙撑架的姑娘们在绅士的引领下旋转着，轻盈优雅，一个人就是一朵花，一群人就是花团锦簇。温格在舞会里小心翼翼地穿梭，害怕自己被注意，又不得不往人群里扎，却总踩到别人的裙摆。

而后，最戏剧又是最惊险的一幕发生了。

温格居然在这个地方，遇到了碧儿。

起先她并未察觉，不经意地一转身，就看见碧儿在身边，简直比在船上的距离都近，他们的衣摆都擦在一起。命运，真是会恶作剧。温格的一颗心，提到了嗓子眼。

和温格一样，碧儿为了融入当地的环境也戴上了面具，甚至他以极快的速度换掉了湿透的衣服，出现在舞会现场。但是如此近的距离，温格还是一眼就辨认出他的茶色头发，也看清了他虎口处的伤疤。

碧儿清冷的眼神在人群中来回扫视，显然是在找未来，然而他却忽视了就在身边的温格。温格可以想象，此刻未来也一定在某个地方寻找碧儿。

未来很可能也换了装束，所以双方都不怎么认得彼此，寻找显得空前困难，何况，还是这种人多的地方。

温格默不作声地悄悄退离碧儿的身边。做到这一点很容易，只需稍微避让一下，穿梭在舞会中的人就能将她挤到一边去。温格以身边一位女士的裙摆做掩护，静静观察着碧儿，心跳快得让她崩溃。碧儿显然也力不从心，想往别的地方走，却总被人群带来带去。

然后，他看向温格。

温格的心忽然悬得很高。

起先，碧儿并没有察觉到丝毫异样，仅扫了一眼，就看向别处。而很快，他又看过来，直直盯住温格。温格一惊，登时手脚冰凉，虽然戴着面具，可她依然觉得自己被那视线褪去了一切掩饰。

慢着，要急中生智。

温格忽然大叫一声，将小狐猴捧在手里，然后将它放到身边女士的肩膀上，小狐猴很配合，在女士看到它的时候，又灵巧地跳到另外一个人的身上。身边立刻尖叫连连。场面顿时混乱无比，碧儿毫无防备，立刻被惊慌失措的淑女名媛们挤得老远。

温格面前的路豁然开朗。

趁此机会，温格拔腿就跑，头也不回地冲向小旅馆。

仿佛未来的声音，还在催促她。

他在说，跑，温格，时间不多了。

于是她跑，不敢停，也不敢慢。

人流越渐稀疏的碎石子路上，温格被绊倒了，摔在路中央，一只鞋子落进了水里。温格伏在地面无声地哭泣，她又疼又累，悬着一颗心，看不到希望。

“温格。”她听到有人在唤她。仿佛是错觉，却又不是错觉。

她抬起一双泪眼，只见伯爵优柔的笑脸近在咫尺，那样美丽，那样梦幻。她慢慢瞪大了眼睛。

伯爵巨大的翅膀晶莹透亮，在她的眼前扑扇着，落下一阵令人心安的花香。

“伯爵，未来，他……”温格将沾满泪珠的手伸入伯爵的手掌中，已然泣不成声。

“我先送你回去，然后我去找他。”伯爵沉稳的语调安抚了少女彷徨无助的心。他拉温格入怀，操纵巨大的翅膀，将温格带回小旅馆。

夜风中，极度疲惫的温格便在伯爵坚实而消瘦的胸膛中沉沉睡去。

5

大概威尼斯之行实在是太让人疲惫，所以这次温格居然睡到中午，连一直保持的早起习惯都被破坏。

温格睁开眼睛坐起身来，然后是一脸的不可思议。

整个房间里，除了她，就只有碧儿。

这是什么情况!

伯爵和未来呢!

为什么要留下手无寸铁的她和31世纪的杀手在一个房间里。

温格用力一掐自己的脸，发现很疼。那么，这不是噩梦，而是现实。

昨天有什么事情发生了吗？她只记得伯爵把她带回了小旅馆。

难道，伯爵和未来抛下她先回21世纪了？温格的脑海里有各种奇思妙想横冲直撞着。

温格情不自禁地看向碧儿。他没戴面具，也没用围巾遮脸，一张清秀的面孔冷冰冰地对着她，眸子里有一股掩饰不住的强烈怨气。

“喏，我说你……”温格忽然发现，和坐在床上的自己不同，碧儿以一种过于僵硬的姿势坐在地上，手好像被反绑在了背后?

“我说你，你的坐姿好像很古怪。”温格像是要提醒自己般，呆愣愣地说。

被绑住双手的刺客没好气地看她，声音有些无力：“废话。”

很简练的回复，很专业的素养。温格点头表示认可。电影和小说中，每个刺客都是不善言谈的，声音越冷淡代表水平越高。

“你知道未来去哪里了吗？”温格问。

“不知道，刚刚出去。”好在虽然冷淡，但是刺客并不排斥和温格交流，甚至他说话时声音很平静，没有杀气，一点儿不像昨晚那个执剑对着她的人。温格不禁又暗暗佩服起来，这就是素养啊，深藏不露，喜怒不形于色。

不过，听闻未来没事，她也就放心了。这么看来，处于不利地位的明显就是刺客碧儿了。他应是被未来捉住的，也不知道被绑了多久，温格想偷笑。

真好啊。未来，能够好好的。一切，都结束了。

这是个好结局。实在太好了。

“能冒昧问一下你几岁吗，刺客先生？”温格用愉悦的声音问。

“十六。”

“哇！你一定是个天才！十六岁就能刺杀三百岁的王子了！”温格简直要把眼珠瞪出眼眶来。比沈铭溪还年少有为的人她终于遇到了！回去一定要跟沈铭溪说，好挫挫他的锐气。

“我注意到你虎口的伤，你一定为了执行任务，进行过非常艰苦的训练吧？”温格忍不住想打探少年天才不为人知的心酸过去，这也算是记者的本能。毕竟嘛，天才还是要付出百分之九十九的汗水才能从原石打磨成光芒万丈的宝石。

碧儿一别头，靠在墙上，不想配合着追忆历史。

“你都这样了，和我聊一下天又如何？”

“我没不想和你聊，但是你的废话实在太多了。”温格气不打一处来。不知道天才是不是都这样歧视普通人哪。一瞬间，碧儿和沈铭溪重叠在一起。只能说天才性格太独特，是普通人望尘莫及的。

鉴于心中还有不少疑问，温格终是强忍怒火，平静说道：“好吧，问个不是废话的。你的主人是31世纪的威廉卡尔对吧？穿越时空是件十分危险的事，他究竟为你做了什么，使你对他忠心耿耿，冒着生命危险也要来刺杀王子。”

碧儿淡淡地回答：“我之所以诞生，就是为了完成刺杀王子的任务。倒不是威廉为我做了什么，而是除此之外就没有地方需要我。”

“怎么会这样？”

“我是吸血鬼和人类的混血儿，哪怕在我们那个时代思想和科技都极为先进，可是歧视依然存在。我除了为制造出我的主人服务，就别无用处。”

“吸血鬼可以随便培育你这种混血儿吗？”

“基本上是这样。31世纪的克隆技术十分成熟，只要资金允许的话，的确可以随便培育。”

一股莫名的苦涩在心中蔓延。温格想到阿基德，机器人的话，被随便制造出来应该没什么关系，但是人和吸血鬼的混血儿，对于31世纪的公民来说，也是可以想造就造的吗？

然而自始至终，人与吸血鬼，人与机器人，机器人与吸血鬼的差别，又在哪里呢？阿基德也不是完全不懂人情世故的，血肉之躯与冰冷的钢筋之间的界限也越来越模糊。

温格看着碧儿脸上那仿佛是习惯了一切的风轻云淡，百感交集。面前这位刺客少年，被人爱过吗？还没有体会过爱，就不得不在危险中穿行，那是何等孤独的人生。31世纪的公民，就是这样对待一个身份模糊的混血儿的吗？温格对未来的世界，有些失望了。

“说不定，你还会有其他事可以做的……”温格忍不住想安慰面前的少年，但是话一出口，又觉得以她的立场如此安慰，实在过于怪异了。她硬生生顿住，却觉得更加别扭，只好挠了挠头，强忍着违和感又说：“我最近特别相信一句话。上帝在关上一扇门的时候，会打开一扇窗。所以……”

“谢谢你。”碧儿吐字清晰地说出这三个字。

“咦？”温格怔住，怀疑自己是不是听错了。然而听错了也不会看错，眼前的少年确实对自己露出一个真实的微笑，淡雅中却有说不出的惊艳。这是温格第一次看见碧儿雕塑一般僵硬的脸上有了笑容，如同是化了冰的池水般柔和。

“我知道你想安慰我，谢谢你。”碧儿的声音很轻，却很清晰，他有些生涩地停顿，然后又道，“没有多少人这么对我说过话，已经足够了。”然后，眼中一暗。

温格被惊住了，喃喃道：“天才和天才当真不一样，你和沈铭溪差别实在太大了。”

“沈铭溪是？”碧儿理所当然是不知道的。

“一个天才。和你一样年纪轻轻能力非凡。”提及这位冤家，温格颇为不满地一挥手，“他啊，无论我对他有怎样的善举，都不会对我说谢谢的。你比他好太多了。”

碧儿笑得更灿烂了：“我猜，他一定用实际行动回报你了。”

温格努了努嘴，无可反驳。确实，鬼屋之行多亏了他的帮忙，没有这么聪明的天才，或许她和未来就不得不待在鬼屋里，直到有一天阿基德他们发现异样，过来施以援手。温格在这异时空中，忽然想念起沈铭溪和刘苏苏来。不知道他们好不好。好想看到他们，哪怕斗几句嘴也好。人与人之间的联系，真是不可思议啊。

攀谈之际，未来推门而入，手上托着两只盘子，面孔上是优雅如昔的微笑。

“呀，我不在的时候，你们居然都混熟了。”未来头顶着厨师帽将盘子放到桌上，眯着一双鬼瞳，看看温格，又看看碧儿。

“未来，你去哪儿了？”温格跳下床，来不及穿鞋就过来抱住未来的手臂，要他立刻坦诚交代。

“给你弄吃的啊。”未来指了指手上的食物，眼神有那么点无辜。

“那伯爵呢？”昨夜的分别记忆犹新，睡一觉就立刻转换为另一个场景，恍如梦境。温格又想哭了。不过这次，她看着未来银灰色的眼睛，觉得湿热的眼眶里酝酿的是温馨的泪水。

“他把时空机安置在阿尔卑斯山上了，去看一下有没有坏，马上回来。不出意外的话，下午我们就启程去21世纪。”未来说着，将一只盘子摆到温格面前。

马上，就要回去了。

还好，都平安无事。温格看着面前的食物，长舒一口气。

两只盘子里装的是一样的食物，香橙牛排、煎蛋和熏肉，目测就知远远超过她的食量。

温格看着就饱了。

“你还挺安分的嘛。”未来端着另一只盘子，蹲下身，看着靠墙坐着的碧儿，笑容中有一抹诡谲。

“已经被你捉住了，要杀要剐随你的便。”碧儿面无表情地看着未来貌似不怀好意地靠近，向后缩了缩脖子。

“我十分钦佩你，小小年纪就能如此沉着，因此奖赏你吃我做的餐点。”未来用叉子叉起一小块牛排，举到碧儿面前，声音温柔得吓人，“你觉不觉得我是一个非常有亲和力的王子呢，对人质都那么和蔼。”

咦，是未来做的食物吗？温格听了这话，盯着面前的牛排举起刀叉，觉得很有试一试的必要。

碧儿望着送到唇前的食物，眼里浮过一丝恐惧：“吸血鬼做的食物，我才不敢吃。”

于是温格又面露忧虑地放下刀叉。未来敏锐地投来询问的眼神，温格只好硬着头皮再次举起刀叉，吃了一小口，忽然眼前一亮：“味道还不错哦。未来，你真对得起你头上的帽子！”

未来微笑，似是十分愉悦地碰了碰头上的帽子，将其摆正。温格一番真心实意的评价，让碧儿犹豫着张开了嘴，就在他想咬下面前的牛排时，未来眼疾手快地将牛排移开。碧儿轻叹，露出一副“就知道你在耍我”的表情。

“话说，昨天你们是怎么碰到一起的？”温格一边嚼着满嘴的食物一边问。

“你实在太不淑女了，温格。”未来指出。

“那有什么关系。我忽然发现自己很饿，而你做的食物又确实很美味。”温格继续边吃边说，一副坦荡模样。

“不过要说昨天，那真是太不可思议了。是吧，小碧儿？”未来看向碧儿，满脸微笑，在碧儿刚欲开口说些什么的时候，未来一动叉子，将一块牛排塞进他的嘴里，一边在碧儿颇有些愤恨的目光下喂他，一边悠然道，“温格，你看见了绑住他的绳子了吗？这不是一般的绳子。就在昨晚，你离开后，我开始找他，路上顺便去了玛格丽特小姐的店里逛了一圈，玛格丽特很慷慨地将这根专门用来捉人的魔绳送给我，然后我顺利抓住了碧儿。”

“你打算将他怎样处置？”

“送回21世纪，交给伯爵处理。”

终 章

未来 永恒的梦境

1

就这样，一行人平安回到21世纪。

一切都没有变。

众人的生活，还在有条不紊地持续着，就如行星运行在既定的轨道上。温格依然在校园里东奔西跑，搜集各种素材。

她在校园小报里开辟了一个专栏，开始一部小说连载，连载的名字是《花与梦旅人》。

这个故事宛若梦境，用于怀念一段无可替代的奇遇。

这是她和穿越时空的吸血鬼的故事。

他们从陌生到熟悉，从熟悉到有了默契。她甚至为这个原本和她不会在时间轨道里有所交集的夜族王子流过数次眼泪。惶恐不安时，他会安慰她说，一切都会没事的。

她信任他，她的世界因他而有了异彩。

当一切结束后，她想，她会用他给予的勇气，朝气蓬勃地生活下去。

又是崭新的一天。

温格骑着单车前往学校。

冬天的风有些刺骨，却冻不去她脸上的笑意，少女微长的头发飘扬在耳畔，那是最鲜亮的旗帜。

“温格，刚才又有其他班的人来找你啦。”刚坐到座位上，同桌刘苏苏就急不可耐地说，“真是恭喜你，你的那部连载大获成功呢，总是有你的粉丝来班里找你。”

“啊哈，什么成功不成功的，连载只是在没有好报道的情况下充一下版面而已。”

温格谦虚地说。

“唉，现在真是小人得志的时代。”身后的沈铭溪冷不丁插进话来，“没想到一个成绩中等，连个书皮都不会包的人，会因为演个反派和写个小说连载，在学校里红成这个样子。”

温格回头，清亮的眼睛注视着沈铭溪：“谢谢你，班长大人。”

沈铭溪倒抽一口冷气：“什么？你脑子坏掉了？”

“我知道没有你，我的小说连载会十分枯燥，甚至舞台剧也不会出色。所以以后，请多多指教了。”她大方地向自己一直以来的冤家兼损友伸出手去。她不会忘记，她的成功有很大原因来自于他。

她已预料到，她和沈铭溪也即将迎来属于他们的新时代。

生活不会总一帆风顺，也不会总阴云密布。上帝在关上一扇门的时候，会打开一扇窗。

沈铭溪的眼底流露出轻浅的笑意，他握住温格的手：“你可别太得意，我是不会让你的人气超过我太久的。”

“温格，你看外面又有人找你了！是校园歌手景年！”刘苏苏激动地拉了拉温格的衣袖，沈铭溪哼了一声，低头继续钻研自己的数学竞赛题，“出去别忘替我向景年问好。”

温格走到外面。

景年，她记得，他的乐队在校园文化日里是他们班最强劲的竞争对手，他的大名风靡这一代的中小学校，是个明星级别人物，她也采访过他许多次。

“请问你是温格，对吗？”景年的声音有些轻，面色有些不自然。温格很奇怪，以前采访这位明星的时候，他拽得跟个什么似的，这时态度居然扭转了一百八十度。

是不是有人给他施过魔法呢？不过21世纪，真的有像玛格丽特小姐那样的人物存在吗？

想到此处，温格忍不住一笑。

“对不起……我是来道歉的。以前面对你的采访我态度都不好。”个子高高的景年，就在她面前低下头来，“请你原谅我，我以后都不会那样了。”

“没事啊。”温格急忙摆手，“你太夸张啦，我完全没有放在心上啦。”

“是吗？你原谅我的话，那就太好了。”景年双手合十，露出谢天谢地的表情，“我很喜欢你写的故事，不过有些地方我还是不太懂，比如，为什么3025年的吸血鬼王子可以穿越来拜托一个陌生的小女孩吸血鬼送来解药呢？”

温格微笑：“其实我也不懂。这或许可以用平行宇宙论来解释。但是穿越时空是那么一件光怪陆离的事情，不穿十多个来回，又怎能参透其中的奥妙呢？”

就在景年露出沉思表情的时候，温格大笑着拍了拍他的肩说：“别那么较真啦，这不过就是一个虚构的故事而已。”

2

一个星期后，未来准备带着搜集到的血液回到31世纪去，连同昭拾一起。他现在的身份，不仅仅是王子，还是抚养昭拾的哥哥。

临行前一晚，众人会聚在伯爵宅第中，举办一场盛大的道别会。

然而就在晚会刚开始的时候，三艘从31世纪穿越而来的时空机打破了夜晚的沉寂，十二位军官浩浩荡荡地从时空机走下，前来押送王子回到他原本的时空。

因为未来莫名其妙失踪而王与王后又爱子心切，这十二位军官从未来经常前往的时空寻找起，已经来回穿越了将近一百次，此时找到未来，十二位体壮志坚的军官都已濒临崩溃，也不管三七二十一拽着未来就要走。

“等一下！”王子的一条胳膊还在十二位军官的手里，另一条胳膊就被温格捉住。

未来顿了顿，扬手做一个手势，十二位军官便只能退下。

“我不知道拿什么送给你才更有意义，想了很久才想出这个来。”温格犹豫片刻，将一张照片交给未来。那是一张再平凡不过的照片，照片里是略显陈旧的单元楼楼梯以及标有“303”和“302”的门牌。

这张照片会让在时空另一头的王子殿下永远记得他在一千年以前的家以及一千年以前的邻居。

至少，温格是这样期盼的。

未来凝视温格许久，那21世纪的少女的眼睛里，有着一如既往的纯美与热烈。人类最宝贵的东西，就藏在年轻的她的眼中。

让他羡慕。

最终，未来只能微笑说：“我会永远珍视它，谢谢你，温格。你给我带来的美好回忆，我终身难忘。”末了，未来又像忽然想起什么似的，瞥一眼一旁的阿基德，笑容中有一抹神秘，“我看见阿基德脖子上有个女孩子气十足的项链，是你给他的，对吗？”

温格点头。

“在一千年后，阿基德因为某种原因而损坏了。但是鉴于他是为吸血鬼家族付出良多的机器人，他的机身被完好保存在博物馆里，供世人观瞻。那时，他像是睡着了一般安静地躺着，脖子上也有你送的项链。”这样一番话，让温格强忍住的泪水，还是落了下来，仿佛在那一刻，真切地感受到了时空的浩瀚。

温格笑着，泪水炽热如火，却咸得让人难以忍受。她伸出手去，紧紧捉住未来的领口，狠狠地道：“未来，你的妹妹还在等着你，你一定要平安。”

未来给温格最后一个冰冷的拥抱，好听的嗓音，如夜曲般温柔：“你也一样，小温格。”

未来放开手，转身走上时空机，不再回头。他的身后，跟着十二位列队整齐的军官。

昭拾不声不响地走上前，给了温格一个拥抱，然后尾随未来而去。

“再见。”他说。

“再见。”她说。

3

现在，碧儿是伯爵花房中的一位园艺师。他放下银剑，执起水壶，每天和阿基德学习种植与培育，开始一种全新的生活。

曾经威廉听未来说，碧儿是31世纪的自己雇用来的刺客，只是淡淡道："我同意让碧儿在21世纪生活。或许有朝一日，31世纪的我，会因为碧儿的缘故来到21世纪，那时我就可以亲耳听他说一千年以后的事，他和王室的纠葛，以及他和王子的是非。然而现在的我和碧儿都会是王子的朋友，这一点，不会变。"

于是温格偶尔前往伯爵的宅第，去陪伴伯爵夫人，就会看见一位身披米色披风，脚踩及膝靴的少年，英姿飒爽地浇花。

命运就是如此变幻无穷。她的生活中失去一位拥有大眼睛的滑板少年，却又出现一位退役的年轻刺客。

偶尔，她也能听见伯爵家古老的三角钢琴，在威廉指下，吟唱出千百年前的音律。

除去蝴蝶金伯爵家，温格的生活则与往常一样。看似平凡单调，但是每一分每一秒，都有新的故事在酝酿。

温格已经很满意她的生活了，她越来越会在平凡中寻找快乐。

夕阳西下，温格与往常一样骑车从学校回到自己住的生活小区。渐渐地，她不再能听到人们议论滑板少年和突然出现的怪异献血车。但是那些东西，甜蜜地沉在温格心底，永远不会被她忘记。

温格走上单元楼楼梯，那是承载着她十多年生命的楼梯，从未变过。她抬头，看向自家房门边上的303室。

那是未来曾经住过的地方，而今没了花香，挂在租房网上静静等待下一个房客。

或许下一个房客，还是未来吧，不过，不知道是从哪个时空穿越过来。或许那个时候，昭拾已经是大孩子了。温格想着想着，嘴角不禁漾起一抹微笑。

真是期待啊。

你瞧，其实故事也并不会真的完结，没准下一个开始，就要来了。

在温格的书架上，一直放着一张纸，那是未来在18世纪给她的签名，她决定，将这签名完好地保存下去，然后，到了31世纪，那会成为未来记忆中美好的一部分吧，连同她一起。

遇到伤心难过的事，温格就会翻出那张纸，一遍遍地抚摸，仿佛那张纸能赐予她无穷的力量。然后有一天，她忽然在梦中惊觉，未来曾经在他们相遇的时候，对她承诺过，要带给她31世纪的礼物。

他是否还会记得这个承诺呢？

无论如何，她会始终怀着一份隐秘的期待，信心满满地努力下去。

——本季完——